賞名句 學描寫

璧華 著

中華書局

　責任編輯：陳小歡
　裝幀設計：李婧琳
　排　　版：黎品先
　印　　務：劉漢舉

賞名句　學描寫

□
著者
璧華

□
出版
中華書局（香港）有限公司
香港北角英皇道 499 號北角工業大廈一樓 B
電話：（852）2137 2338　傳真：（852）2713 8202
電子郵件：info@chun　ghwabook.com.hk
網址：http://www.chunghwabook.com.hk

□
發行
香港聯合書刊物流有限公司
香港新界荃灣德士古道 220-248 號
荃灣工業中心 16 樓
電話：（852）2150 2100　傳真：（852）2407 3062
電子郵件：info@suplogistics.com.hk

□
印刷
美雅印刷製本有限公司
香港觀塘榮業街 6 號 海濱工業大廈 4 樓 A 室

□
版次
2015 年 5 月初版
2022 年 1 月第 2 次印刷
© 2015 2022 中華書局（香港）有限公司

□
規格
特 32 開（210 mm×153 mm）

□
ISBN：978-988-8310-94-4

前言

　　這本書是《賞名句　學古文》的姊妹作。

　　書中收錄了中國古代詩、詞、曲、賦、散文等作品中充滿詩情畫意、動人心弦的描寫句，其中有許多被譽為千古絕唱，供大、中學生以及古典文學愛好者欣賞，並從中學習寫作技巧。

　　中國幅員廣闊，江山多嬌，有絢麗多彩令人應接不暇的自然景觀；由於歷史悠久，又有與自然景觀關係密切、文化底蘊豐厚的人文景觀，二者互相輝映，形成一幅幅民族特色濃烈明豔的風景畫，為文學家提供了取之不盡、用之不竭的描寫素材。

　　名句的內容廣泛而多樣，其中包括天空景觀：日月星辰、風霜雨雪、雲霞霧靄；大地風貌：山嶺峰巒、江河湖海、沙漠草原；建築詩意：宮殿苑囿、佛剎道觀、亭榭樓閣，此外還有鳥獸形態、人物形象以及音韻旋律等。

　　每條名句都從「譯注」（語譯注釋）、「名句賞析」、「點指技法」三方面進行闡述。「譯注」部分的主要目的是讓讀者讀懂名句的表層意思，同時灌輸一些閱讀古文必備的基礎知識，例如通假字、虛詞的運用、詞性的活用、句式的變化等；「名句賞析」部分的設置是為改變人們對名句只知其然而不是知其所以然的閱

讀習慣。許多人在欣賞文藝名句時，往往抽離全篇，孤立地對待它，不在意其與前後句及全篇的關係，也不考慮作家所處的時空及寫作時的心態，因此未能準確深入地理解名句。書中把名句與作品的各部分以及作家所處的家庭、時代社會背景、生活經歷與內心活動緊密聯繫起來，予以發揮，相信這樣做有助於讀者真正了解名句所蘊藏的複雜內涵。

　　「名句賞析」主要是對名句內容的剖解，接下來的「點指技法」則是為探索詩藝而設。中國人追求人和自然的渾然一體，他們在大自然的觀照中吸取靈感，因此在寫景詩文中，「情」與「景」便成為詩文的重要組成部分，二者是密不可分的。王國維有云：「昔人論詩詞，有景語、情語之別，不知一切景語，皆情語也。」因此詩文中景與情互相交糅融合，構成了意境，產生了各種不同的表現手法，如緣情擇景、因情造景、情景相生等，這些手法，其中有相似，也有相異之處，它們必須置於名句之中予以比較、辨識，從而令在練習實踐中鞏固認識，並熟練掌握運用。

璧華
2015 年 2 月

目 錄

注：部分名句篇幅較長，「○」表示名句中的核心部分。

第二章　大地風情篇

46　枯藤老樹昏鴉，小橋流水人家，古道西風瘦馬。
　　夕陽西下，斷腸人在天涯。
　　學描寫：視覺形象複疊

49　雞聲茅店月，人跡板橋霜。
　　槲葉落山路，枳花明驛牆。
　　學描寫：詞組意象並列

52　征蓬出漢塞，歸雁入胡天。
　　大漠孤煙直，長河落日圓。
　　學描寫：對偶的藝術

55　自三峽七百里中，兩岸連山，略無闕處。
　　重巖疊嶂，隱天蔽日。
　　自非亭午夜分，不見曦月。
　　每至晴初霜旦，林寒澗肅，
　○常有高猿長嘯，屬引淒異，空谷傳響，哀轉久絕。
　　故漁者歌曰：
　　「巴東三峽巫峽長，猿鳴三聲淚沾裳。」
　　學描寫：情景相生

58　○杳杳寒山道，落落冷澗濱。
　　○啾啾常有鳥，寂寂更無人。
　　淅淅風吹面，紛紛雪積身。
　　朝朝不見日，歲歲不知春。
　　學描寫：疊字的運用

79 茅簷長掃淨無苔，花木成畦手自栽。
　　○一水護田將綠繞，兩山排闥送青來。
　　學描寫：擬人法、化被動為主動

82 ○山重水複疑無路，柳暗花明又一村。
　　簫鼓追隨春社近，衣冠簡樸古風存。
　　學描寫：轉折與映襯，景中含哲理

85 橫看成嶺側成峯，遠近高低各不同。
　　不識廬山真面目，只緣身在此山中。
　　學描寫：詩中的理趣

88 岱宗夫如何？齊魯青未了。
　　造化鍾神秀，陰陽割昏曉。
　　○盪胸生層雲，決眥入歸鳥。
　　○會當凌絕頂，一覽眾山小。
　　學描寫：先寫景後抒情，描寫富層次

91 ○春歸何處？寂寞無行路。
　　○若有人知春去處，喚取歸來同住。
　　春無蹤跡誰知？除非問取黃鸝。
　　百囀無人能解，因風飛過薔薇。
　　學描寫：設問把景物當朋友描寫

第三章　花卉光影篇

第四章 建築詩意篇

154　東南形勝，江吳都會，錢塘自古繁華。
　　○煙柳畫橋，風簾翠幕，參差十萬人家。
　　○雲樹繞堤沙，怒濤捲霜雪，天塹無涯。
　　　市列珠璣，戶盈羅綺，競豪奢。
　　　學描寫：層次分明，逐步深入

157　○金鎖重門荒苑靜，綺窗愁對秋空。
　　○翠華一去寂無蹤，玉樓歌吹，聲斷已隨風。
　　　煙月不知人事改，夜闌還照深宮，
　　　藕花相向野塘中。暗傷亡國，清露泣香紅。
　　　學描寫：借景傳情

160　○六王畢，四海一。蜀山兀，阿房出。
　　　覆壓三百餘里，隔離天日。
　　　驪山北構而西折，直走咸陽。
　　　二川溶溶，流入宮牆。五步一樓，十步一閣。
　　　廊腰縵迴，簷牙高啄。各抱地勢，鈎心鬥角。
　　　學描寫：結構嚴密，圍繞中心點寫景

163　朝歌夜弦，為秦宮人。明星熒熒，開妝鏡也。
　　○綠雲擾擾，梳曉鬟也；渭流漲膩，棄脂水也；
　　○煙斜霧橫，焚椒蘭也。
　　　學描寫：綜合運用多種修辭手法，多角度寫景

211 蒼梧來怨慕，白芷動芳馨。
　　　○ 流水傳瀟浦，悲風過洞庭。
　　　○ 曲終人不見，江上數峰青。
　　　　學描寫：把聽覺形象轉化為視覺形象

214 ○ 昵昵兒女語，恩怨相爾汝。
　　　○ 劃然變軒昂，勇士赴敵場。
　　　　浮雲柳絮無根蒂，天地闊遠隨飛揚。
　　　　喧啾百鳥群，忽見孤鳳凰。
　　　　躋攀分寸不可上，失勢一落千丈強。
　　　　學描寫：透過想像及比喻描寫抽象的音樂形象

217 ○ 吳絲蜀桐張高秋，空山凝雲頹不流。
　　　　江娥啼竹素女怨，李憑中國彈箜篌。
　　　　崑山玉碎鳳凰叫，芙蓉泣露香蘭笑。
　　　　學描寫：倒置的結構手法，用神話傳說呈現抽象的音
　　　　樂形象

使用說明

名句

精選技巧高超、充滿詩情畫意的古代詩、詞、曲、賦、散文中的描寫名句；

按描寫的主要內容分為五類：天空景觀、大地風情、花卉光影、建築詩意、形態律動。

名句出處

作者朝代、作者、篇名；有助讀者知道名句的出處，方便查找原文及其全篇。

譯注

用語體文翻譯名句，使讀者理解句子的表層意思；

注釋部分，簡明扼要地補充語譯中所無法表明者，並簡述閱讀古文必備的基礎知識。

朝辭白帝彩雲間，千里江陵一日還。
兩岸猿聲啼不住，輕舟已過萬重山。

唐·李白《早發白帝城》

【譯注】

　　清晨辭別彩霞繚繞的白帝城，船航行了一天，遠在千里外的江陵城就到達了。只聽見三峽兩岸山間的猿猴不停地啼叫，輕快的小舟不知不覺已穿過層層疊疊的青山。

- 白帝：城市名，故址在今四川奉節東山上，地勢高峻，所以說它聳立在彩雲間。「白帝彩雲間」是倒置結構，「彩雲間」是「白帝」的修飾語，應該置於「白帝」之前，這種現象在古文中很常見。

- 江陵：今湖北江陵，從白帝城到江陵約一千二百里，詩中所說千里是指其整數。

【名句賞析】

　　這首詩寫於唐肅宗乾元二年（公元 759 年）。757 年，李白因永王李璘謀反而牽連獲罪，流放夜郎（今貴州銅梓），行至白帝城遇赦，於是迫不及待放舟返回江陵。詩中表現了返回江陵的急切以及遇赦後分外喜悅輕鬆的心情。詩的首句點出開船的時間是清晨，地點是白帝城。詩中不但寫出「朝辭」時的美麗景色，更着重描寫白帝城地勢高

峻，曙光迷人。次句寫江陵路途的遙遠以及行舟的疾速。其中「千里」與「一日」，以空間遙遠與時間的短暫作懸殊對比，不僅表現出詩人「一日」行「千里」的痛快，也隱隱透露出遇赦的欣喜。李白不是江陵人，卻把赴江陵説成「還」（返回）故鄉，顯得很親切。第三句用兩岸峽谷和此起彼伏連續不斷的猿啼烘托行舟的飛速。第四句寫輕舟順着江流，箭一般地駛過萬重山了。「輕」字寫船行進時輕如無物，因為是順流，也表現了詩人輕快的心境。

【點指技法】

一篇作品的產生與作者寫作時的處境有密切的關係，原因是處境會直接影響作者的情思，這種情思會滲入全詩，甚至在每一個用字上。詩人犯事，中途遇赦，從白帝城放舟南下江陵，他的心情完全透過本詩抒發出來。首句寫辭別的地點──地勢高峻、彩霞滿天的白帝城，其中濡染了詩人充滿光明和希望的心情；次句透過行舟的疾速表現心情的輕鬆愉悦；第三句用山影猿聲陪伴行程，也表現內心的興奮快意。古代民謠云：漁人過三峽時聽到猿鳴時的感覺是「巴東三峽巫峽長，猿鳴三聲淚沾裳」（漁人聽到猿猴的哀鳴，不禁引起思鄉之念而淚濕衣裳）。然而在李白筆下，由於心情不同，景物的色彩便截然不同。末句的「輕舟」的「輕」字不是「舟」輕，而是「心」情「輕」鬆。

【小練習】

試找一首讀過的詩，説説時代、社會、個人環境或際遇對作品的具體影響。

名句賞析

介紹時代背景、作家生平、思想等，掌握名句的主旨內涵及深層意思；認識名句的結構、寫作手法。

點指技法

分析名句重點運用的描寫技法，學習如何達到獨特、高度的藝術效果。

小練習

提供實用的練習，供讀者思考及反思各種描寫技巧；有助活用於寫作訓練上。

第一章
天空景觀篇

好雨知時節，當春乃發生。
　隨風潛入夜，潤物細無聲。

唐・杜甫《春夜喜雨》

【譯注】

　　好雨知道落下的節令，正當春天萬物萌發的時候，它就隨着春風在夜晚悄悄地灑落，靜寂無聲地滋潤着大地萬物。

- 乃：就。
- 發生：萌發生長。與今義有別，古今詞義有不同現象。
- 潛入：悄悄進入、來到。

【名句賞析】

　　這首詩是杜甫在唐肅宗上元二年（公元 761 年）春天，於成都西郊浣花溪畔構築的草堂定居時所作的。此時，一年多前顛沛流離的生活已成往事，詩人得以在僻靜的環境中過着安定的生活，並且常常感到舒適快意。這首詩中，詩人懷着喜悅的心情描寫了草堂一帶春夜細

雨的情景，抒發了詩人對春夜細雨無私奉獻的喜愛與讚美之情。

　　詩的第一、二句寫春雨的來臨。春天是植物萌發生長的季節，植物正需要春雨的滋潤。此時細雨飄飄忽忽地落下，十分及時。「好雨知時節，當春乃發生」説明了春雨善解人意，似乎懂得人們的意願。「好」字道出詩人對雨由衷的讚美之情。所謂「春雨貴如油」，詩人對春雨的感受是和黎民百姓相通的。

　　第三、四句進一步承接「好」字，精細地描繪春雨的特徵與動態，從聽覺上描繪春雨的風神氣韻。春雨不事張揚，在夜間隨風悄悄地飄盪，無聲無息地滋潤着萬物，展示春雨可貴的精神及高尚的品格。從雨的精神和品格中，可以窺見詩人的感情和胸襟以及他對人間、對萬物的珍視愛護。

【點指技法】

　　這幾句名言運用了比擬法。比擬是把物當人，或把人當作事物以至把甲事物當乙事物描寫的一種修辭法。前者為擬人，後者為擬物。擬人也叫「人化」，就是把本來不是「人」的事物當作人來描寫、敍述。當作者感情強烈激動的時候，彷彿外物也受到了感染，隨着人的感情而變化。當作者運用擬人法表達感情時，往往會把物寫成人，寄情於物，借物抒情。擬人作為一種藝術手法，有成篇運用的，如童話、寓言、神話、故事等；也有片斷的，如文藝作品中的某些詞句和段落。本名句即屬後一類。

　　雨水本來是無知亦無情的，詩人用擬人化手法把它寫成有知覺有感情的事物。這是因為詩人有情有致，只有有情的詩人才能看出雨之情，並且懷着深厚的感情寫出雨的情感。由此可見詩人對描寫對象充

滿感情，觀察細心，故能發現雨的特徵，把它擬人化，描寫得形象生動，扣人心弦。

【小練習】

　　試揀選一種景物，深入了解及發掘其特徵，然後把自己的情思和精神注入其中，學習名句，用擬人化手法描寫一個小段落。

蕭蕭涼風生，加我林壑清。
　　驅煙尋澗戶，卷霧出山楹。
去來固無跡，動息如有情。
　　日落山水靜，為君起松聲。

唐・王勃《詠風》

【譯注】

　　蕭蕭的涼風吹起來，使得老林山壑空氣變得清新。驅除雲煙尋得澗旁的人家，捲走霧靄顯出山間房屋。風去了又來了，固然沒有痕跡；風動起來停下來，彷彿有感情。太陽下沉，山水寂靜無聲，它為你到過的樹林發出濤響。

- 蕭蕭：同蕭瑟。形容風吹樹木發出的聲音。
- 山楹：指山間的房屋。楹，柱子，句中以部分代全體。

【名句賞析】

　　風是無形的，要把無形變為有形，必須從側面來描寫，寫風給周圍事物帶來的影響，以顯示其存在。在風的影響下，風過處，吹走了濁氣，送來清爽；風又吹散煙霧，顯露出澗旁和山上的房屋，使之得見光明。除側面描寫之外，還可以把景物人格化，使之生動起來。名

句的後四句即是如此：它寫風縱然來無蹤，去無跡，但它的「動息」好像具有人的情思，讓人在寂寞的時候得到慰藉。

【點指技法】

古詩中的詠事詩，有許多是託物喻志，即借詠物詠事寄託自己的志向。例如著名的明代愛國詩人于謙的《石灰吟》：「千錘萬鑿出深山，烈火焚燒若等閒。粉身碎骨渾不怕，要留清白在人間。（石灰在經過千萬次錘打才從深山中開採出來，用熊熊烈火焚燒也是平常事。即使粉身碎骨也不怕，只為把自己的清白長留在人間。）」詩通過寫石灰燒製的過程和成品特點，用以自明節操，寄託志向。名句亦借詠風寄託自己的情志。戰國時代文學家宋玉曾在《風賦》中說：「夫風者，天地之氣，溥暢而至，不擇貴賤高下而加焉」。名言中的「肅肅涼風」正有這種自由平等博愛的襟懷：它給林壑帶來清新空氣，對澗戶、山楹一視同仁，吹掉煙霧，給房子帶來亮光。它從來不知休息，連人們寂寞時，都不辭辛勞，在樹林中吹起濤聲。初唐著名文學家王勃就有「風」的高尚品格。他雖然仕途坎坷，但仍能堅持理想，他在《滕王閣序》中說：「窮且益堅，不墜青雲之志」（在逆境中更加堅定，也不會貪圖富貴放棄自己高遠的志向）。

【小練習】

試用 400 字寫一篇「託物言志」的文章，或寫一首「託物言志」的詩。

對瀟瀟暮雨灑江天，一番洗清秋。
漸霜風淒緊，關河冷落，殘照當樓。
是處紅衰翠減，苒苒物華休。
唯有長江水，無語東流。

北宋．柳永《八聲甘州》

【譯注】

　　面對着灑遍江面的瀟瀟暮雨，經過一番風雨的洗滌，顯現出清冷的深秋景色。霜冷的風吹得越來越急劇，山河一片冷落，夕陽照耀樓台。到處花卉凋殘、林木衰敗，美好的景物漸漸衰竭，只有長江水，默默無語地向東流逝。

- 瀟瀟：風雨急驟的樣子。
- 江天：江面天空，說明暮雨鋪天蓋地而來。
- 漸霜風：是倒裝句，狀語「漸」提前，本為「霜風漸」──秋風逐漸（淒緊）。
- 關河：關塞山河，此處指河山。

- 是處：此句意為「處處」。
- 苒苒：慢慢地。
- 物華休：物華，景物的光華。休，停止，消失。物華休，即言
  花卉凋謝，林木衰敗，失去生命。

【名句賞析】

　　《八聲甘州》是詞牌名。柳永是北宋詞人，一生仕途失意，長期
過着羈旅的生活。柳永是福建崇安人，這時羈留江浙一帶，全詞透過
清冷的秋景抒發遊子思鄉和思親的情懷。名句引用的是詞的上闋，內
容表面上是寫秋景，其中滲透了濃濃的鄉愁。首句以「對」字帶領，
寫氣候、季節：暮雨瀰漫，一片迷茫。「灑」字形象地描摹出暮雨生動
的情態，「洗」字則表現出暮雨急驟掠過的影響。「漸霜風」，由遠而
近，由總體而局部勾勒出深秋淒清冷落的圖景：「漸」字用得很實在，
它細緻地刻畫了氣候的變化過程。末句用擬人化手法寫滔滔長江水永
不休止無語地奔流，以此襯托詞人無處傾訴的思鄉愁緒。

【點指技法】

　　《八聲甘州》是一首情景相生的詞，其上闋描寫暮雨飄灑江天周
圍的淒清景色，下闋抒發由於季節的變化而引起的思鄉之愁。全詞把
反射到羈旅眼前的冷落秋景與其無法排遣的思歸之情緊密地結合在一
起，互蘊共容，互相生發，互相映照，最後達到情景交融的境界，以
至分不清是景還是情。「漸霜風淒緊」五句，寫的是霜冷風寒、草木凋
殘，萬物皆休，蘊含着美好意願破滅的哀怨。「無語東流」寄託了作者
長年漂泊無人可傾訴之苦。中國古典詩詞中，表面看是寫景，實質上

是以情為主，以景為客，寫景就是抒情，即清末學者王國維所說「一切景語皆情語也」，也就是說景物描寫都是為抒情服務的。這種情況以詞為甚，從篇章結構看，寫景抒情或先或後，或間隔而用，都能做到水乳交融，渾然一體，《八聲甘州》先寫景後抒情，而景語皆情語。

【小練習】

　　試寫兩段文字，上段寫景，下段寫情，上段必須為下段服務。

沙上並禽池上暝，
　　雲破月來花弄影。
重重簾幕密遮燈，
　　風不定，人初靜，
明日落紅應滿徑。

北宋・張先《天仙子》

【譯注】
　　暮靄籠罩着池面，成雙成對的水禽並列在沙灘上。月亮穿破霧層
露出臉來，花兒舞弄着身影。層層簾幕將燈光密密遮住，風兒沒有停
止，人們剛剛靜下來，明晨落花將會堆滿小徑。

* 並禽：雙飛雙棲的禽鳥，如鴛鴦。
* 暝：天黑，日落。

【名句賞析】

　　作者張先（公元 990 － 1078 年），北宋詞人，名句出自《天仙子》詞的下闋。全詞抒寫詞人臨老傷春的情懷。上闋寫詞人借酒澆愁，從午到晚醉酒，但舉杯澆愁愁更愁，致愁原因是「匆匆春又歸去」，故有「送春春去幾時回」的感歎。自然界的春天去了，有再來的時候；而人生（詞人）的青春去了，卻是一去不復返。當前「臨晚鏡，傷流景」，黃昏照鏡，感傷年華流逝，美好的往事只能留在記憶中。寫到這裏，詞轉入名句所引的下闋。

　　下闋雖寫景，但其中含有濃厚的感情。詞人通過對黃昏景物的描繪，抒發他繁複的內心活動。首二句寫遠望黃昏時成雙成對、雙棲雙宿的水鳥並列在沙灘上嬉戲，反襯自己的孤獨苦悶，形成強烈的對比。近看月光下花兒在風中搖曳不定舞動的倩影，花前月下，如此良辰美景，卻無人攜手共賞，難免有冷清寂寞之感。末四句由室外轉而描寫室內，因為作者「以病眠」，所以重重疊疊的簾幕密密遮住燈光，燈光搖晃，簾幕擺動，風繼續吹，此時夜闌人靜，詞人無法入眠，擔心明晨醒來落花將會堆滿路徑。

【點指技法】

　　這首詞的主旨是送春傷春並自傷衰老，整首的調子低沉、色澤晦暗，只有名句中的「沙上並禽池上暝，雲破月來花弄影」，其中尤以後句才有了光彩和顏色，洋溢着生命的活力。這句主要表現在如何處置雲彩、月亮和花朵的關係上，先是「雲破」，月亮才能露臉；月光朗照，人們才能欣賞到花兒隨風翩翩起舞，給晚春增添色彩，使人感覺到宇宙萬物是和諧共處的。當然，此句之所以成為千古名句，還在

於「破」與「弄」字的妙用。雲彩在浮，花影在動，從側面說明有風。這比直接寫風更能給人留下想像的空間。「弄」字是詩眼，在句子中起着關鍵的作用，它使整個句子活動起來。王國維在《人間詞話》中說：「『雲破月來花弄影』，著一『弄』字而境界全出矣。」句中的「弄」，有花兒在月光下舞弄顯示其美態之意，整句所要表現的詩意畫面得以呈現，「雲破月來花弄影」因「弄」字而名留文學史冊。而月下花影之美在張先筆下已成獨步，他對花影有特殊的愛好，有三首著名寫花影的詩，除上述一首外，還有「嬌柔懶起，簾壓捲花影」（《剪牡丹》），「柳徑無人，墮飛絮無影」（《木蘭花》），時人稱為「三影郎中」（張先曾官至都官郎中）。

【小練習】

　　試在你所讀的古詩中，找出好句子，再找出其中的詩眼，並說明詩眼如何為全詩畫龍點睛。

春江潮水連海平，海上明月共潮生。
　　灩灩隨波千萬里，何處春江無月明？
江流宛轉繞芳甸，月照花林皆似霰。
　　空裏流霜不覺飛，汀上白沙看不見。
江天一色無纖塵，皎皎空中孤月輪。
　　江畔何人初見月，江月何年初照人？

唐‧張若虛《春江花月夜》

【譯注】

　　春江潮水洶湧，彷彿與大海連成一片，一輪明月隨着潮湧從海上升起。光彩隨着盪漾的水波傳到千萬里外遙遠的地方，春江哪一處沒有月光的照耀？江水彎彎曲曲環繞花草遍生的春天原野，月光流瀉在花樹上，好像蒙上一層潔白的雪珠。感覺不到天空中飄落的霜雪，又分辨不了水洲邊皎白的沙粒。江水與蒼穹同一個顏色，纖塵不染，只有一輪明月懸掛在皎白的空中。在此江畔，是誰最初見到明月呢？江上明月最初普照人間是在哪一年呢？

　　● 平：平列。

- 共潮生：和潮水一同升起。共，和、同。生，出現，產生，引申為升起。
- 灧灧：波光盪漾閃爍不定的樣子。
- 芳甸：花草遍地的芬芳原野。
- 霰：天空中降落的白色小冰粒。
- 汀：水中或水邊平地。

【名句賞析】

名句出自唐初詩人張若虛，他的作品大多散佚，僅剩兩首。此首為傳世之作，著名詩人聞一多譽之為「詩中之詩，頂峰上的頂峰」，悦耳的民族樂曲《春江花月夜》就是根據這首詩創作的，可見其藝術價值。

這首詩中描繪了春、江、花、月、夜五種景物，具體表現出動人的良辰夜景，構成一種耐人尋味的藝術境界。詩很長，共 32 句，名句所引的 12 句為第一部分，全面展示春江花月夜的美麗景色。春江潮湧，江潮連海，月共潮生，這裏的海是虛構的，是想像中的海。隨着江潮洶湧，一輪明月冉冉上升，普照宇宙，一個「生」字賦予明月與潮水以鮮活的生命。中間四句描繪月出給世人的具體感受：月光似霜非霜，與白沙一色。第七、八句一句寫天空，一句寫地面，好像整個宇宙都沐浴在月光的銀輝之中。末四句由景物描寫轉向對人生哲理情思的抒發。

【點指技法】

寫景詩有多種寫法，有單純寫景的，有在寫景時注入感情的，有

在寫景時發表議論的，也有在寫景時表現哲理情思的，等等。《春江花月夜》在思想藝術上超越了許多單純描摹山水的景物詩以及其他幾種詩，作者面對把人間粉飾得美不勝收的明月的深思，發出了時光無限，人生苦短的感歎，其中充滿了豐富的哲理情思。最後兩個反問句與李白的「今人不見古時月，今月曾經照古人」（《把酒問月》）有異曲同工之妙，所不同的是名句用兩個反問句來表達，顯得更有力量而已。

【小練習】

你能在描寫景物時表現出你對人生的理解嗎？試寫一段文字，字數不拘。

北國風光，千里冰封，萬里雪飄。
望長城內外，唯餘莽莽；
大河上下，頓失滔滔。
山舞銀蛇，原馳蠟象，
欲與天公試比高。
須晴日，看紅裝素裹，分外妖嬈。

毛澤東《沁園春‧雪》

【譯注】

　　中國北方的景色，千里大地給堅冰封蓋，萬里上空有大雪飄飛。縱望長城的裏裏外外，只剩下漫無邊際的一片白。黃河的上游和下游，一剎那間就不見洶湧波濤。山峰像銀蛇翩翩飛舞，高原如蠟象疾速奔跑，想和上天比個高低。等到天晴曙光初現，看紅日與白雪互相映照的景色，分外的嬌豔嫵媚。

* 北國：北方，指我國北部地區。
* 莽莽：遼闊無邊的樣子。

- 大河：特指黃河，正如大江，特指長江。
- 原馳：原注：「原指高原，即秦晉高原。」
- 蠟象：白蠟色的象。
- 須：等待，這裏不作「必須」解。
- 紅裝素裹：紅裝，紅色的盛裝。素裹，白色絲絹的包裝，本來是指婦女美麗的裝扮，這裏形容紅日與白雪互相映照的美景。

【名句賞析】

　　這是一首詠雪詞，寫於 1936 年 2 月，那時正值紅軍渡黃河東征出師抗日之際，毛澤東在北方秦晉（陝西山西）高原對所見所感的雪而寫的。詞透過詠雪，讚美國家的江山，評價國家的歷史人物，全詞大氣磅礡，發揮淋漓盡致。全詞上闋詠雪，下闋評論，名句只引用上闋。首三句總寫北國的嚴冬景象：冰封大地，雪飄長空。接着作者以「望」字帶領自高而下遠眺長城內外、「大河上下」的冰雪風景。第五句中的「莽莽」形容滿天雪花紛飛，不論遠近均予人迷茫無際的感覺；「滔滔」形容天寒，滾滾波濤都凍結了。句中把兩個形容詞名詞化，使嚴寒變得更具立體感。「山舞銀蛇」三句中，首句寫覆蓋着白雪的群山，蜿蜒曲折，彷彿是銀白色的長蛇在飛舞。白雪瀰蓋的高原，起伏不平，好像白色的蠟象在奔跑。第三句的「天公」，是人對天的擬人化的敬稱。遠望大山與高原，像與天連接，有如與天比量高度。以上寫冰封雪飄時的壯偉景色，接着轉寫黎明時分，紅日與白雪相映照時令無數英雄傾倒的美艷景色。

【點指技法】

　　這首詠物詞的藝術技巧最值得稱道的有以下兩點：一是「山舞銀蛇，原馳蠟象」，以暗喻與比擬（以物擬物）的手法來表達，而不以明喻「山像銀蛇舞，原如蠟象馳」來表達，使得意象更為鮮活直接，盡入眼簾。二是在描寫冰雪覆蓋的銀白世界之後，接着用旭日東升的豔紅來與之相映襯，並以紅裝素裹比喻為美女身上的盛裝，充分顯示其圓熟的描寫技巧。

【小練習】

　　請交錯運用暗喻和比擬手法描寫雪景，可以是親眼看見的，也可以是在電影中看到的情景。

水光瀲灩晴方好，
　山色空濛雨亦奇。
　　欲把西湖比西子，
　　　淡妝濃抹總相宜。

北宋・蘇軾《飲湖上初晴後雨》（二首其二）

【譯注】

　　天氣晴朗的時候，西湖水面波光閃耀，景色迷人；雨天山色朦朧迷茫，奇幻莫測。如果把西湖比作美女西施，無論是素淡的妝飾或是濃豔的打扮，都那麼動人合宜。

- 瀲灩：形容水波流動，波光閃耀的樣子。
- 方好：才顯得好。
- 空濛：煙霧迷茫的樣子。
- 奇：景色奇妙。

【名句賞析】

　　蘇軾熱愛西湖，於宋神宗熙寧四年（公元 1071 年）至七年到杭州任通判（地位僅次於州長的官員）期間，曾寫了大量吟詠西湖景物的詩作，其中以這首最為人傳誦。原作共兩首，這是第二首，同題的第一首寫「朝曦迎客艷重岡，晚雨留人入醉鄉」，可見詩人在西湖遊宴終日，點明了題目中「初晴後雨」的天氣。第二首的首二句「水光瀲灩晴方好，山色空濛雨亦奇」，短短 14 個字，寫了水，也寫了山，寫了湖水在晴天陽光普照下的姿容，也寫了山上雨霧中的面貌。在明麗的紅日照耀下，碧波盪漾，浩淼無邊，美不勝收。過了一會兒，對面山上突然烏雲密佈，紛紛下起雨來，天地被籠罩在一片霧靄之中，山影朦朧，隱隱約約，若有似無，表現出大自然景色的變幻奇妙無比，這兩句可說是寫盡了整個西湖及其周圍群山的總體美。

　　由於詩人熱愛大自然，加上他對西湖有特殊的愛意，因此不論是晴日，是雨中，西湖的景觀永遠是那樣嬌好，永遠能給人帶來新奇感。最後兩句「欲把西湖比西子，淡妝濃抹總相宜」，改變了首二句的直接描寫手法，而使用比喻手法，拿絕代佳人西施和西湖相比。西施是春秋時期越國人，她天生麗質，不論是淡妝，還是濃抹，哪怕是身着布衣粗裙，都那麼嫵媚。即使皺眉，她都風姿綽約，令人傾倒。這兩句詩，有人以晴日的西湖比喻淡妝的西施，以雨天的西湖比喻濃抹的西施；另一種則認為詩人以「晴天比濃抹，以雨天比淡妝」。兩種說法也解釋得通，但似乎有些牽強。實際上詩人應該是從總體來設喻，他從西湖的「晴方好」、「雨亦奇」想像西施「淡妝濃抹總相宜」，這是詩人一時靈感的觸發，他無暇去分析晴與雨何者指淡妝，何者指濃抹，我們閱讀時應細心領會詩人的心與景相遇並相融的歷程。

【點指技法】

名句最為膾炙人口的是末二句，這兩句通過聯想設喻展示了中國人崇尚自然的審美觀。聯想是詩人創作時不可或缺的元素，它是指在創作中由一件事物想到另一件事物的心理過程，包括由當前某一件事物觸發到另一件事物。此聯想的基礎，一為西湖與西施同在古代越國的地方；二為二者同冠以「西」字，而且二者的天生麗質亦相似。

【小練習】

試找一處景物，觀察其特徵，然後加以聯想，描寫一段約 300 字的段落，聯想要貼切自然。

千山鳥飛絕，萬徑人蹤滅。
孤舟簑笠翁，獨釣寒江雪。

唐・柳宗元《江雪》

【譯注】

　　千座高聳的山峰上，鳥兒絕跡了；萬條曲折的小徑中，人跡湮滅了。一葉孤零零的小船上坐着一位身披簑衣、頭戴斗笠的漁翁，在雪花漫天飄舞的寒冷江面上，默默地獨自垂釣。

- 千山：並非實指一千座山峰，是形容極多，下面的「萬徑」的「萬」字也是相同意思，如「千軍萬馬」。這兩句中的「千」、「萬」含所有、全部之意。
- 鳥飛絕：即飛鳥絕，與下句中「人蹤滅」相對。絕，絕跡。
- 簑笠：簑衣、斗笠。簑衣，用竹皮、草或棕編成，披在身上的防雨用具。斗笠，遮陽光或遮雨的帽，頂尖、邊寬，用竹篾夾油紙或竹葉等製成。句中「簑笠」本來是名詞，現在作動詞披簑衣、戴斗笠用。

【名句賞析】

　　這幾句詩，看起來很簡單易懂，但當我們結合詩人的生活經歷及性格來讀，就會發現其中蘊含着十分豐富的內涵，這也使其成為傳誦千古的名句。

　　柳宗元（公元 773－819 年）字子厚，河東（今山西永濟）人，唐德宗貞元九年（公元 793 年）進士，曾任禮部員外郎（掌管禮儀、祭祀、科舉考試的官員），銳意推行政治改革。唐順宗繼位（公元 805 年），柳宗元參加了以王叔文為首的革新政治集團，因革新失效，於同年被貶謫到永州（今湖南零陵）作官。從 34 歲到 41 歲期間，一直居住於此。過了五年，貶柳州（今廣西柳城西），四年後，病卒該地，享年 47 歲。《江雪》即寫於被貶永州之時。詩中借寒江獨釣的漁翁，抒發自己政治失意時孤獨寂寞的心情。詩中描繪的一幅漁翁寒江獨釣圖，創造出一種冰冷、寂靜的意境，表現了詩人清高孤傲的性格。

　　詩首二句「千山鳥飛絕」和「萬徑人蹤滅」的「千山」與「萬徑」寫這個世界原本是百鳥紛飛，處處鳴囀，人跡雜沓，喧鬧紛擾，生機蓬勃，充滿了動感，可是在句末用了「絕」和「滅」，把上述景象徹徹底底地掃盪摧毀了，於是鳥聲消失了，人跡隱沒了，從「有」幻化為「無」，展現了一幅無涘無涯的死寂畫面，可見「絕」、「滅」二字具有雷霆萬鈞之力。把它們置於句末，在結構上，為後面人物的活動提供了一個廣闊的背景。接着主角出現了：「孤舟簑笠翁，獨釣寒江雪」。在瀰漫天空的大雪中，僅見一條孤單的小船，船上一位身披簑衣、戴着笠帽的漁翁，獨自在大雪紛飛寒冷的江面上垂着魚鈎釣魚。「孤」與「獨」說明他與世隔絕，表現他清高脫俗、兀傲不群的性格特

徵，這正是詩人自身內在的寫照。「寒江雪」置於詩末點題，隨着漁翁垂釣的指向，展現出在茫茫的江面中，人物置身於雪連天、天連雪的境界。

【點指技法】

　　全詩運用了電影蒙太奇的表現手法。第一、二句從仰望的角度，先以大遠景寫空廓寂寥的千山，浩瀚冷漠的萬徑；接着從俯瞰角度，以遠景拍攝江上一葉扁舟，再推移為全景，可以看到身披簑衣頭戴斗笠的漁翁；最後鏡頭停在漁翁手中的釣魚竿的特寫上。全詩隨着鏡頭的推移，呈現出一個個鮮活灑脫的意象，是並列而又連續的。

【小練習】

　　寫景可以從仰望到俯瞰，或者反之；可以從遠景到近景，或者反之。試學習本詩靈活的描寫角度，描寫一處風景。

山隨平野盡，
　　江入大荒流。
月下飛天鏡，
　　雲生結海樓。

唐・李白《渡荊門送別》

【譯注】

　　山勢隨着平原的出現而逐漸消失，大江彷彿流入荒漠遼遠的原野。月影倒映江中，好像天上飛來一面明鏡。雲彩幻化成為海市蜃樓。

* 大荒：廣闊無際的原野。
* 海樓：海市蜃樓，海上空氣的下層比上層密度大，在光線折射下，於空中變幻出如城市、樓台等景象。舊時人們誤以為是蜃（大蛤）噓氣。

【名句賞析】

　　這首詩是李白在唐玄宗開元十三年（公元 725 年）25 歲時初出三峽，渡過荊門山時所作。荊門，即荊門山，在今湖北宜都西北長江南岸，是蜀楚兩地的分界處。從題目看，這是一首送別詩，寫故鄉山水捨不得離開他，萬里送行。全詩共八句，名句是中間四句，描繪詩人經過荊門後所見的壯麗景色。詩首兩句「渡遠荊門外，來從楚國遊」點明行程和去處，詩人由水路從蜀地出發，目的地是湖北湖南一帶的楚國故地。第三、四句（名句的第一、二句）寫過荊門後山和水的另一番景象，此時蜀地的崇山峻嶺已被推到身後。眼前展現的是一望無際的平坦原野，江流也毫無阻擋地在廣袤的曠野上滾滾奔流。第五、六句（名句第三、四句）中，前者寫江面平靜，俯視水中月亮的倒影好像天上飛來的一面明鏡；仰望天空，雲彩變化無窮，形成海市蜃樓的奇景。前者反襯江面的平靜，後者襯托江岸天空的高遠。末二句：「仍憐故鄉水，萬里送行舟」，透過故鄉水對自己離去的依依不捨，抒發了濃濃的惜別之情。

【點指技法】

　　名句之所以能膾炙人口，乃是由於其中使用了「隨」、「入」、「飛」、「生」四個關鍵字，這四個字使整個句子意象鮮活，立體起來。這些字，中國詩學稱為「詩眼」。所謂「詩眼」，是指一句詩或一首詩中最凝練傳神的那一個字或詞。句中之眼運用得當，能夠撐起一句的語義，從而使全句顯得堅挺有力，詩眼是詩人千錘百鍊的結果。由於文字錘鍊並運用得恰當，從而使「平字見奇，常字見險，陳字見新，樸字見色」（沈德潛《說詩晬語》卷下）。具體地說，名句中那四個關

鍵字都是很平常的動詞，但在李白筆下，卻點石成金。一個「隨」字，如用電影鏡頭拍攝一組行舟出三峽渡過荊門山，群山逐漸消失的活動畫面，予人以流動的感覺。「入」字緊接「盡」字，使重山、長江、大荒組成蒼莽曠遠的景觀。「飛」字把水中的月亮倒映說成是月亮從空中落下，好像一面明鏡從天上飛下來。「生」字形容天上雲彩構成海市蜃樓的奇景，充滿想像的色彩。

【小練習】

　　請在你所喜愛的詩作中找出詩眼，並加以說明。

明月如霜，好風如水，清景無限。
　　曲港跳魚，圓荷瀉露，寂寞無人見。
紞如三鼓，鏗然一葉，黯黯夢雲驚斷。
　　夜茫茫，重尋無處，覺來小園行遍。

北宋・蘇軾《永遇樂》

【譯注】

　　明月皎潔如銀霜，好風涼絲絲有如清水，清幽的景色在眼前無限伸展。彎曲港灣裏，魚兒跳出水面；圓圓荷葉上，露珠急瀉池中。周圍寂靜無人觀賞。鼓打三更，一片葉子落下發出鏗鏘的響聲。美夢中斷，使人黯然神傷。在這茫茫無際的長夜中，我獨自把小園走遍，可是再也找不到你的蹤影。

- 紞如：紞，打鼓聲；如，語助詞。紞如，同「紞然」，形容擊鼓之聲。
- 三鼓：三更之鼓，古代夜間計時的單位叫更，報更用的鼓叫更鼓。
- 鏗然：形容聲音之美像金石、琴音那樣清脆。鏗然一葉，指夜

深人靜，一片樹葉掉下來，聲聲鏗然動聽。

- 夢雲：戰國宋玉《高唐賦》中載楚王夢見一個神人自稱「朝為行雲，暮為行雨」，此句指作者夢見關盼盼事。
- 覺來：醒來。

【名句賞析】

　　這首詞有序云：「彭城夜宿燕子樓，夢盼盼，因作此詞。」彭城，今江蘇徐州；燕子樓，據說是唐朝禮部尚書張建封為寵妾（出身歌妓）關盼盼所築的小樓，盼盼善歌舞，嫻雅多風姿。張氏死後，盼盼念舊愛而不嫁，獨居是樓十餘年，歷代詩人有感於此，為燕子樓留下不少詩篇。這首詞寫於元豐元年（公元 1078 年）十月，蘇軾任徐州知州（一州的行政長官），某夜他曾夢遊燕子樓，見到傳說中的名妓關盼盼，翌日，往尋其地，作了《永遇樂》詞。這本來是一首懷古詞，但詞中並沒有用太多篇幅來懷古，而是偏重於寫景抒情，不過其中滲透了懷古傷今的情緒。名句是詞的上闋，寫夢。前六句寫夢中燕子樓小園清寂的夜景，其中有明月、好風、曲港跳魚、圓荷瀉露，構成一片籠罩在銀色光華裏的秋天月夜景色，可是這種美景「寂寞無人見」。後六句的前兩句寫作者被更鼓聲、落葉音驚醒，但仍依戀夢境，於是決定尋找夢中人，可惜夜色茫茫，即使把小園尋遍，無論如何都找不到。

【點指技法】

　　名句在結構方面有獨到之處，一開始八個字把讀者帶進一個清深幽靜的意境，「清景無限」正是對暮秋景色的抽象概括。在總寫之後，

再從局部細節着手描述，由大而小，由靜變動，表現出動態美：曲港的魚上跳，圓荷的露下瀉。港灣的彎曲，荷葉的滾圓，顯示出圖案美。接着作者又把筆觸轉到聽覺方面的景物，在寂靜的深夜側耳細心靜聽，然後把它形象地刻畫出來：「紞如三鼓，鏗然一葉。」讓人彷彿親歷其境，聽到響亮的更鼓聲和清脆的落葉聲。

【小練習】

　　試選擇香港某個公園，從全體到局部，由大而小地描寫其景色。

飛雲冉冉蘅皋暮，
　　彩筆新題斷腸句。
試問閒愁都幾許？
　　一川煙草，滿城飛絮，
梅子黃時雨。

北宋・賀鑄《青玉案》

【譯注】

　　飛動的雲彩緩慢地飄過長滿蘅草的河岸高地，拿起有文采的筆寫出令人傷心的詞句。假如問內心共有多少無端端的愁恨，那就像滿地無邊無際被煙霧籠罩的青草，滿城紛飛的柳絮，漫天飄灑的梅雨。

* 冉冉：舒緩飄動的樣子。
* 蘅皋：長滿蘅草（香草名）的水邊高地。皋亦泛稱高地。
* 彩筆：有文采的筆，說明作者富藝術才能。據《南史・江淹

傳》：江淹少年時即以文章知名，晚年文思稍遜；他曾夢見晉代著名作家郭璞，對他説：「吾有筆在卿處多年，可以見還。」江淹乃從懷中拿出五色筆給郭璞，從此以後再寫不出好詩來，時人謂之「江郎才盡」。

- 閒愁：無端無謂的憂愁。
- 一川：滿地。
- 煙草：被煙霧籠罩的春草。
- 梅子黃時雨：春末夏初，中國淮河、長江流域一帶的梅子變黃成熟，這時常連續多日陰雨天氣，故稱黃梅雨，或梅雨。

【名句賞析】

作者賀鑄（公元 1052－1125 年），北宋詞人，字方回。他的作品風格多樣，多描寫離情閨思，情思纏綿，組織綿密，善於鍛鍊字句。《青玉案》是一首暮春時節思念佳人的作品，詞中「試問閒愁都幾許？一川煙草，滿城風絮，梅子黃時雨」被推為當世絕唱，是賀鑄《東山詞》的壓卷之作。名作家黃庭堅為此寫了一首詩，其中有「解作江南斷腸句，只今唯有賀方回」。「斷腸句」指的是「一川煙草」幾句，也可指全詞。此詞十分著名，故賀鑄又被稱為「賀梅子」。名句引用詞的下闋，不過我們須先明白全首詞的內容：作者目送佳人遠去，此後不知芳蹤何處，也不知與何人共度，只有春天（天）知道；下闋寫暮色蒼茫，雲彩冉冉飄動，詞人仍然在佈滿蘅草的岸邊等待佳人到來。作者以往寫了不少令人斷腸的句子，現在仍然無法抑制對佳人的思念之情，於是用彩筆寫下新的斷腸之句。接着詞人問對方是否知道自己的愁緒，再具體描述自己的愁恨像一地無邊無際的春草，滿城紛紛揚揚的飛絮，漫天飄飄灑灑的梅雨，無處不在。

【點指技法】

　　名句用「一川煙草，滿城飛絮，梅子黃時雨」比喻「閒愁」，情感豐滿，意象鮮活，有極為圓熟的藝術技巧。在古代詩歌中，用自然景物比喻離愁別緒的為數不少：有用江水為喻，如李煜的「問君能有幾多愁，恰似一江春水向東流」；有以山為喻，如趙嘏的「夕陽樓上山重疊，未抵閒愁一倍多」；有以海為喻，如秦觀的「春去也，飛紅萬點愁如海」；有以草為喻，如李煜的「離愁恰似春草，更行更遠還生」；有以柳絮為喻，如歐陽修的「撩亂春愁為柳絮，依依夢裏無尋處」；有從重量角度為喻，如李清照的「只恐雙溪舴艋舟，載不動，許多愁」。從以上諸例中可以看出，那些句子的比喻都是單一的：只以水、山、海、草、柳絮等為喻，而名句卻綜合運用三個比喻——煙草、柳絮、梅子黃時雨，草、絮、雨三個意象並非重疊重複，而是各有內涵，而且是一層向一層推進。第一句寫愁恨之無邊無際，如李煜筆下的「離愁像春草，更行更遠還生」；第二句寫滿城柳絮在風中飄飄揚揚，寫愁緒的紛擾繚亂；第三句的比喻則是作者創造的比喻，描寫連續多日漫天陰雨連綿，猶如愁緒瀰漫心間，悠悠不盡。

　　這種比喻叫博喻，博喻是接連用幾件不同的事物來比喻本體，正如錢鍾書所説：「博喻」是連串地把五花八門的形象來表達一件事物的一個方面或一種狀態。「博喻」可以分為兩種，一種是可以突出一樣事物各個方面的特點。例如《詩經·衛風·碩人》：「手如柔荑（手指像茅草的嫩芽），膚如凝脂（皮膚像凝凍的脂膏），領如蝤蠐（頸項像蝤蠐），齒如瓠犀（牙齒如瓠瓜的種子），螓首蛾眉（方正的前額、彎彎的眉毛）。」另一種是突出一樣事物的一方面的特點，通過各種形象比喻來突出這個特點，取得特寫鏡頭的效果，名句即是如此。

【小練習】

　　試用兩個或以上的景物比喻抒發自己的情緒（喜、怒、哀、樂均可）注意景物不要重複，並能一層層地展開。

白日麗飛甍，參差皆可見。
餘霞散成綺，澄江靜如練。
喧鳥覆春洲，雜英滿芳甸。

南朝齊·謝朓《晚登三山還望京邑》

【譯注】

　　夕陽把飛聳的屋簷映照得分外明麗，高高低低參差不齊的面貌明晰可見。仰視天空，晚霞佈滿天空有如錦緞，澄清的江流恍若白練鋪在地上。嘈雜的鳥啼覆蓋着春天的水洲，形形色色的花草開遍芬芳的郊野。

- 麗：明麗，本是形容詞，此處作動詞用，使美麗。
- 飛甍：高聳飛動的屋簷。甍，屋簷。
- 綺：有花紋的絲織品。
- 練：白絹（一種白色而薄的絲織品）

- 英：花，如陶淵明《桃花源記》中的「落英繽紛」，即落花紛紛飄落。
- 甸：郊野。

【名句賞析】

作者謝朓（公元 464－499 年），字玄暉，陳郡陽夏（今河南太康）人。這首詩是謝朓出仕宣城（今安徽金州）太守，離開首都建業（今江蘇南京），中途經過三山時所作。三山，在今南京西南長江南岸，上有三個山峰，南北相連。

詩的首二句講述作者離京途中不斷回頭張望，表達出依依不捨之情。名句引用的六句描寫登山回望的所見所聞：他看到月光照耀在高聳飛動的屋簷上，從三山遠望，高高低低，歷歷可見。然後詩人移動視角，轉向自然風光的描寫：仰視天際，晚霞似錦緞；俯瞰江流，江水澄靜如白練。接着從視覺轉為聽覺描寫：春洲群鳥啼聲盈耳，加上視覺味覺混合組成的形象，使人感受到各種各樣的花草開遍郊野。

【點指技法】

名句向讀者展現了一幅層次分明、色彩豔麗、靜中帶動的優美畫面。其中「餘霞散成綺，澄江靜如練」二句為歷代詩人所稱道。李白《金陵城西樓月下吟》：「解道澄江靜如練，令人長憶謝玄暉」（欣賞到「澄江靜如練」的詩句，使人永遠記得謝玄暉）。清朝詩人王世貞也說：「餘霞散綺澄江練，滿眼青山小謝詩」（「小謝」，指謝朓；「大謝」，指謝靈運，稍早的詩人），可見此二句的吸引力。之所以如此，是因為作者運用了生動的比喻修辭法。比喻能反映事物之間的相互關

係，在文藝作品中，比喻可讓事物變得更具體形象。例如李煜的《清平樂》：「離恨恰如春草，更行更遠還生」，詞人把離愁別緒這一抽象的情感比作「春草」連綿不斷，讓人具體感受到離愁之不絕。

名句中，詩人用人間五彩繽紛的錦緞比喻滿佈天空且斑斕多變的晚霞，並用白綢比喻澄清的江水靜靜流動，由於是從高向下遠望，所以看不出水的流動，故曰：「澄江靜如練」。上句寫天空雲霞絢爛，下句寫地上水流素白，形成對比，相互映照，使色彩更為鮮明，表現出清新雋永的意境。

【小練習】

試運用多於一個比喻描寫你家窗外的景色，字數不限。

第二章

大地風情篇

日照香爐生紫煙，
遙看瀑布掛前川。
飛流直下三千尺，
疑是銀河落九天。

唐·李白《望廬山瀑布》

【譯注】

　　日光照耀下的香爐峰繚繞着紫色的雲霞，遠看瀑布像一條長長的白練懸掛在前面河川的上空。湍激的水流從峭壁上飛一般往下奔瀉，令人懷疑那是銀河從九重天的極高處墜落下來。

- 香爐：指廬山香爐峰，在廬山西北，其峰尖圓，煙雲聚散，形如香爐。

- 紫煙：紫色的煙雲。煙雲之氣，在陽光照耀下，除了旭日東升與夕陽返照時，一般都是青白色的。煙雲呈紅紫色，那是由於空氣中有大量水氣，光線透過水氣產生的物理現象。

- 前川：山前面的河水。
- 飛流：指流動的瀑布。
- 銀河：天河。晴天夜晚，天空呈現出一條明亮的光帶，夾雜着眾多閃爍的小星星，看起來如一條銀白色的大河，故稱。詩中將瀑布比喻為銀河。
- 九天：指極高的天空。古代傳統天有九重，也叫九重霄。

【名句賞析】

這是一首描寫廬山瀑布壯觀景色的絕句。廬山是中國名山，李白一生熱愛自然山水，廬山應該說是他最為傾倒的大山之一。廬山，在江西北部，聳立於鄱陽湖、長江之濱，江湖水氣鬱結，雲海瀰漫，多巉巖、峭壁、清泉、飛瀑之勝。首句從香爐峰紫煙起筆，表現山間煙雲冉冉升起的景象；次句描繪傾瀉在山川間的瀑布在「遙看」中的形象。第三句由靜轉動，描寫瀑布自高空直瀉而下的雷霆萬鈞之勢。末句詩人由此聯想到像是一條銀河從天的最高處向下傾瀉。

【點指技法】

名句主要使用了誇張的藝術手法。誇張是對客觀事物某一方面的屬性進行擴大或縮小，目的是使事物的形象特點表現得更為突出，增強藝術感染力。「飛流直下三千尺，疑是銀河落九天」，就是運用了誇張的手法，飛瀑明明是從高峻陡峭的懸崖上垂直下瀉，詩人卻用比喻誇張地說飛瀑如銀河，從見不到頂端的天空極高處墜落，白色的飛瀑鋪天蓋地而來！瀰漫了全宇宙，在人們眼前呈現的是一片銀白晶瑩的非人間景色。比喻雖然奇特，誇張雖然極端，但卻自然而真實，水到

渠成。從香爐峰繚繞的雲煙寫到遙望瀑布掛於山川之間，直至飛流從峭壁直下臨空而落，自自然然過渡到「疑是銀河落九天」，不會使人有突兀之感。

【小練習】

　　請以擴大誇張和縮小誇張的手法分別描寫兩種景物，字數不拘。

敕勒川，陰山下。
天似穹廬，籠蓋四野。
天蒼蒼，野茫茫，
風吹草低見牛羊。

北朝樂府民歌《敕勒川》

【譯注】

　　遼闊的敕勒川，在綿延不斷的陰山腳下。寥廓的天宇彷彿一頂巨大的帳篷，籠蓋着廣袤的原野。敻遠的高空青青蒼蒼，浩瀚的草原茫茫無際。風吹過處，草兒低伏，顯露出藏身其中的一隻隻牛羊。

- 敕勒川：敕勒，古代中國北方的一個民族，居住在朔（今山西西北部）。川，平原。敕勒川，泛指敕勒族遊牧的草原，一說指今內蒙古土默特旗一帶。
- 陰山：即陰山山脈，起於河套西北，綿亘內蒙古自治區南部，與內興安嶺相接，長約 1200 公里，海拔 1500－2000 米。

- 穹廬：圓頂氈帳，俗稱蒙古包。
- 四野：原野的四面八方。
- 見：通「現」，是通假字。所謂通假是通用假借的通稱，就是用同音字或近音字代替本字，例如《論語》「知者樂水，仁者樂山」中，「知」和「智」通假，「智」（智慧）是本字，「知」是通假字。

【名句賞析】

　　這是一首北朝時期（公元 4 至 6 世紀）的民歌，描繪了北國壯麗富饒的草原迷人風光，抒發了歌者對家鄉的愛意。

　　詩歌一開始就以高亢的聲調，歌詠出高遠遼闊的大草原。首二句點明了敕勒族賴以生存的自然區域，給整首詩作了背景式的交代。第三、四句承首句的背景而來，對敕勒川展開描寫，極言畫面的壯闊，天野的恢宏。詩人用「穹廬」比喻天空，可以說是抓住了敕勒族的生活特徵，不但有濃厚的民族色彩，而且比喻新穎形象，這種對天體的認識接近殷末周初的「蓋天說」（天在上，地在下，天為一個半球形的大罩子）。末三句「天蒼蒼，野茫茫，風吹草低見牛羊」，承接上兩句的「天」與「野」，運用疊詞的形式，極力突出天空的青蒼遼遠，原野的茫茫無際。末句是全詩的高潮，讀後會在眼前呈現出一幅水草豐饒，牛羊肥壯，生機勃勃的草原圖。

【點指技法】

　　描寫風景可根據不同的對象採取不同的表現手法，一種是以粗線條的勾勒和總體式的描繪為主要特點，一種是對景物的細部進行精密

細緻的刻畫描繪。《敕勒川》描繪的對象是廣遠遼闊的大草原，表現的是粗獷豪放的感情，作者先是全景式地展示陰山腳下一望無際的敕勒草原，然後便集中精力對大草原的「天」和「野」進行大筆渲染。「穹廬」的比喻，「蒼蒼」、「茫茫」疊詞的形容，都是把描繪對象當作一個整體，並把它置於高遠闊大處落筆，目的是為了使人感受到草原懾人心魄的精神氣韻，而忽略其他瑣碎細微的事物。

【小練習】

　　試找一個合宜的景物，用粗線條勾勒和以總體式的描繪方式來寫一個段落。

枯藤老樹昏鴉，小橋流水人家，
古道西風瘦馬。
夕陽西下，斷腸人在天涯。

元‧馬致遠《天淨沙‧秋思》

【譯注】

　　乾枯的藤蔓廝纏着古老的樹木，暮色中飛來歸巢的烏鴉。溪水從小橋下流過，橋那邊出現了人家。古老的石道上，淒冷的秋風裏走來一匹瘦骨嶙峋的瘦馬。夕陽快要西沉了，遠離故土滿懷憂傷的遊子流落在天涯。

- 昏鴉：黃昏回巢的烏鴉。
- 斷腸人：極度憂傷的人，這裏指遊子。

【名句賞析】

　　這首曲詞屬於元代散曲中的小令（按樂曲只唱一段一韻到底的曲詞），其中描繪了一幅絕妙的秋景圖，抒發出一種蕭條、寂寞、悲涼的秋思。秋思是抽象的，作者透過那位「斷腸人」的漂泊生涯，以及他在天涯所見所感，把秋思形象化了。值得注意的是，這幅秋景圖的主角是「斷腸人」，儘管他在末句才出現，但他卻是貫串全篇作品的主線，整幅圖畫是跟隨主角的腳步、視線和思緒展開的。閱讀這首畫意蔥蘢的小令時，首先映入眼簾的，是一位漂泊天涯的遊子，騎着一匹瘦骨嶙峋的老馬，冒着西風，在一條伸向遠方的山路上奔波，只見乾枯的藤蔓廝纏着古樹。黃昏了，烏鴉紛紛回巢，溪水從橋下潺潺流過，橋的那邊出現了一些人家，這時夕陽漸漸向西沉落，只有遊子依然騎着瘦馬，頂着西風，懷着一顆被鄉愁折磨得黯然銷魂的心，繼續孤獨地在天涯漂泊，不知何日是盡頭。

【點指技法】

　　不同的人，由於有不同的心境，所以對同一種景物會產生不一樣的反應，令景物染上獨特的色彩。當人春風得意、躊躇滿志的時候，即使是蕭瑟的秋景，也會感到生氣盎然。因此，要寫好秋景，須有一個與之相配合的人物，這首小令就選擇了被秋思纏身的人物——流落天涯的「斷腸人」，可見作品中的人和景都是經過精心挑選的。小令中前三句十八個字出現了九個景物，加上第四句中西下的「夕陽」，都與人物的情思融合無間，也顯示了人物的獨特感受。

　　上述的景物都是視覺形象，它們是一個視覺形象複疊在另一個視

覺形象之上，各自是獨立存在的。讀者可以憑藉想像，把它們聯繫起來，構成一幅完整的圖畫。

【小練習】

　　假設正值春天的早上，你心情愉快，試選擇可與之相配合的景色進行描寫。

雞聲茅店月，人跡板橋霜。
槲葉落山路，枳花明驛牆。

唐·温庭筠《商山早行》

【譯注】

雄雞報曉，殘月映照着茅店，早起人們的腳跡印在鋪滿白霜的板橋上。槲樹的葉片紛紛落在山路中，枳樹的白花明顯地綻放在驛站的牆邊。

- 槲葉：槲樹的葉子。槲樹，落葉喬木，葉片很大，在冬天乾枯，留在枝上；直至第二年早春樹枝發嫩芽時，才紛紛脫落。
- 枳花：枳樹開的花。枳樹，灌木或小喬木，春末開花，白色。
- 明：因為天沒有大亮，驛牆旁邊的白色枳花顯得特別耀眼。另一解為：殘月把花影映在驛牆旁，「明」是形容詞，此處作動詞「映照」用，是詞類活用。

● 驛：驛站。古代傳遞政府文書的人中途休息寄宿的地方。

【名句賞析】

　　作者溫庭筠（約公元 812－866 年），唐朝詩人，太原祁（今山西祁）人，屢應進士試不第。名句出自《商山早行》。商山，也叫楚山，作者曾於唐宣宗大中末年（公元 859 年）離開長安，經過這裏。詩中描述了北方寒冷時節中，一位旅客在旅途上的所見所聞所思。名句引用了第三至六句，首句點題，描寫旅人「早行」的普遍景象：「晨起動征鐸」，天剛亮，旅人起床，客店外面已響起叮叮噹噹的車馬鈴聲，套車即將駕車啟程。次句「客行悲故鄉」寫旅客離故鄉漸行漸遠思念愈甚的心態。第三、四句換一個角度，先寫公雞報曉，殘月照着冷冷的茅店，早起的人們一個個的腳跡印在滿佈白霜的板橋上，描繪出一種嚴寒清晨旅人早行的情景，意境淒冷幽靜。第五、六句寫旅途所見：槲樹葉子紛紛凋落在山路上，枳樹的白花影子映照在驛牆旁，給旅途帶來了動態與色彩，與上兩句相互映照。

【點指技法】

　　「雞聲茅店月，人跡板橋霜」與「枯藤老樹昏鴉，小橋流水人家，古道西風瘦馬」（馬致遠《天淨沙‧秋思》，頁 46）都是千古以來膾炙人口的名句，每句各以三個意象並列，雖沒有任何動詞、繫詞把文句聯繫起來，但卻組成一幅完整得引起人作無數聯想的圖畫。「雞」和「聲」結合在一起，塑造了雞隻引頸長鳴的形象；「人」和「跡」結合在一起，除了讓讀者心中出現了板橋薄霜上的足跡外，還展現了踏橋履霜而行的旅人。這種名詞（雞、人）加名詞（聲、跡）的詞組，和

《秋思》中的形容詞（小）加名詞（橋）的詞組構成的並列意象，均能達致「狀難寫之景，如在目前，含不盡之意，見於言外」，我們必須細心體會並從中學習寫景的技法。

【小練習】

　　細讀名句及其譯文，加上想像補充細節，例如人的服飾、馬的形狀、人聲馬聲等，用散文寫一篇約 400 字的「旅人早行圖」。

征蓬出漢塞，
歸雁入胡天。
大漠孤煙直，
長河落日圓。

唐・王維《使至塞上》

【譯注】

　　我像隨風飄飛的蓬草出使唐朝邊塞，如返回北方的大雁進入胡人的地區。浩瀚的沙漠裏升起一縷直上雲霄的孤單烽煙，長長的黃河上懸掛着一顆又紅又圓的夕陽。

- 征蓬：隨風飄飛的蓬草，蓬草枯後根斷，隨風飛旋，故稱飛蓬，常用以比喻人行蹤漂泊不定。
- 漢塞：唐朝的邊塞，唐代詩人為避嫌，常用漢代唐，此詩隱含對朝廷的不滿，故不說唐塞。又如白居易《長恨歌》中的「漢皇重色思傾國」，諷刺唐明皇寵幸楊貴妃。讀唐詩要注意。
- 歸雁：雁，鳥名，形狀略似鵝，群居水邊，善游泳，飛行時排

列成行。每年春分（約三月二十一日）後飛往北方，秋分（約
九月二十二日）飛去南方。

- 胡天：胡人居住的地區，即今西北地區。胡，中國古代時北方
  和西方民族的泛稱。

- 孤煙：孤單的一股烽煙。烽煙，古代邊防報警的信號，燃燒烽
  煙常用狼糞，其煙直而集聚，風吹而不斜。

【名句賞析】

作者王維（公元 701－761 年），初唐著名詩人。唐玄宗開元
二十五年（公元 737 年），河西副節度使崔希逸戰勝吐蕃（西藏），
唐玄宗派王維以監察御史（監察中央機構、州縣長官及祭祀）身份出
塞慰問，實際上是將王維排擠出朝廷。這首五律作於赴河西（黃河以
西）途中。

名句是《使至塞上》的第三至六句，第一、二句寫詩人輕車來到
西北邊塞，然後以「飛蓬」、「大雁」自比，說自己像隨風飄飛的枯
蓬，出使「漢塞」如展翅北飛的大雁進入「胡天」。古詩中常用飛蓬
比喻漂泊在外的遊子，此句卻是比喻背負朝廷慰軍的使命，其中暗含
詩人內心的激憤與憂傷。第五、六句對沙漠中的典型景物進行剖析，
展現了一幅雄渾壯闊的塞外圖畫。

【點指技法】

「大漠孤煙直，長河落日圓」，是詩人進入邊塞沙漠後所見到塞外
雄渾壯麗風光，近代著名學者稱之為「千古壯觀」，說它是詠塞外沙
漠風光的絕唱也不為過。使用這麼凝練的語言將沙漠中的典型景物表
現出來，需要有高度的寫作技巧。邊塞沙漠，浩瀚無涯涘，初到達的

人會感到驚心動魄，詩人用「大漠」的「大」字來形容。邊塞荒涼，滿眼空曠，烽火台點燃了一股濃煙直上晴空，顯得特別突出，孤單感也更為深沉。第四句「長河」指的是黃河，與「大漠」相對，句中使用「直」字、「圓」字，用幾何圖形不但準確地描繪了沙漠烽火和長河落日的形象，還給人親切溫暖而又蒼茫的感覺，可見在這兩句裏，詩人巧妙地把自己的孤寂之情融化在自然景象的描繪中。《紅樓夢》第四十八回香菱對此二句有以下評語：「想來『煙』如何『直』，『日』自然是『圓』的，這『直』字似無理，『圓』字似太俗，合上書一想，倒像是見了這景的，要說再找兩個字換這兩個，竟再找不出兩個字來。」可見描寫景物時，準確把握其特徵是非常重要的。

　　「大漠孤煙直，長河落日圓」是對偶句的典範。對偶句是把字數相等、結構相似的語句成雙成對地組合在一起，表達相近、相對、相連的意思的一種修辭方式。以此句為例，起句和對句（前邊是起句，後邊是對句）字數相等，結構方式完全相同，上下詞、字嚴格相對，詞性一致，平仄對立。「大漠」對「長河」（名詞對名詞），「孤煙」對「落日」（偏正詞組對偏正詞組），「直」對「圓」（形容詞對形容詞），形式整齊，韻律和諧，抑揚頓挫，悅耳動聽。兩句並列組合在一起，呈現出浩瀚大漠遼闊的意境以及令人驚心動魄的壯美。

【小練習】

　　你一定讀過不少對偶句，試重溫參考「點指技法」所述，寫幾個對偶句。

自三峽七百里中，兩岸連山，略無闕處。
重巖疊嶂，隱天蔽日。自非亭午夜分，
不見曦月。

每至晴初霜旦，林寒澗肅，常有高猿長嘯，
屬引淒異，空谷傳響，哀轉久絕。
故漁者歌曰：
「巴東三峽巫峽長，猿鳴三聲淚沾裳。」

北魏·酈道元《水經注·江水》

【譯注】

　　在三峽七百里當中，兩岸都是連綿的群山，毫無中斷的地方。重重的懸崖，層層的峭壁，遮蔽天空，擋住太陽。如果不是在正午和午夜的時候，就看不見太陽和月亮。

　　在秋天，每當初晴的日子或是下霜的清晨，樹林和山澗透出一派

清涼和寂靜。經常聽到高處的猿猴拉長嗓子啼叫，聲音連續不絕，在空蕩的山谷中傳來聲聲迴響，悲哀婉轉久久才消失。所以漁翁唱道：「巴東三峽巫峽長，猿鳴三聲淚沾裳。」

- 七百里：約今二百里。
- 闕處：中斷的地方。闕，通「缺」，空缺，句中引申為「中斷」。
- 屬引：接連不斷。屬，動詞，連續。引，延長。
- 巴東：郡名，現在重慶東部，奉節、巫山一帶。

【名句賞析】

　　名句出自北魏酈道元（公元 466 或 472－527 年）的《水經注》，此書是我國最早的一部地理著作，文筆絢麗多彩，有頗高的文學價值。

　　三峽是我國最為迷人的名勝之一，它山水俱佳，這在〈江水〉中呈現無遺。文章共分四段，名句引用了首尾兩段。三峽之美在山和水，山和水的內在聯繫緊密，因山形山勢而有三峽之水。首段先寫七百里山勢，三峽的山不同尋常，它多、連、高，而且峽間很窄，江水通過這樣的峽谷必然比他處更急更壯觀。一年四季，水漲水落有其規律，第二至四段寫夏冬春秋的水勢，以水貫串全文。尾段描寫秋天情景，水枯谷空氣寒，猿鳴哀轉不絕於耳。

【點指技法】

　　名句的末段運用情景相生的手法描寫三峽秋天淒清的景色，渲染了蕭瑟的氣氛。景本無情，作者在「情」的引領下賦予景物濃濃的感情，充滿美感。猿啼亦本無情，作者把悲哀之情融入其中，產生了「屬引淒異，空谷傳響，哀轉久絕」的藝術效果，從而具有一種美感。

最後作者還引用漁夫在三峽打魚時聽到猿啼三聲就「淚沾裳」，增加
了三峽秋日的悲涼氣氛。

【小練習】

　　試描寫一段情景相生的文字，字數約 300 字。

杳杳寒山道，落落冷澗濱。
啾啾常有鳥，寂寂更無人。
淅淅風吹面，紛紛雪積身。
朝朝不見日，歲歲不知春。

唐‧寒山《杳杳寒山道》

【譯注】

　　幽暗蔥綠的山道，寂寥冷森的澗邊。常有唧啾的鳥鳴，周圍空寂不見人影。淅淅涼風吹過顏面，雪花紛紛積滿全身。朝朝暮暮不見天日，歲歲月月不知春光。

- 杳杳：形容山路幽暗深遠。
- 落落：形容山間寂寥冷落。
- 澗：山澗，山間的水溝。

- 啾：啁啾，小鳥叫聲。

【名句賞析】

作者寒山，唐朝詩僧，長期隱居在始豐（今浙江天台）寒巖。作品多表現山林隱逸之趣和佛教出世思想。詩風幽冷，別具境界，《杳杳寒山道》很能表現他的風格。此詩描寫寒巖附近高山深壑中的景色，全篇滲透了令人顫慄的寒意。首二句寫山水的幽遠陰森。第三、四句寫四周空寂無聲，還用小鳥細微的鳴聲來反襯寂靜之感。第五、六句轉了個角度寫山中氣候：風雪交加，環境冷峭。末二句含蓄抒發內心的感受：深山老林，看不到陽光，心如死灰，對歲月的交替，春去秋來也漠不關心，懵然不知。

【點指技法】

名句最突出的寫作技巧是利用疊字來寫景狀物，抒發情感。古人用疊字擬聲繪色，表情達意，素有傳統。有人統計，《詩經》305 篇中，運用疊字的近 200 篇，如「關關雎鳩，在河之洲」（〈關雎〉）的「關關」用來模擬兩隻鳥相互和應的鳴聲，親切生動。「蒹葭蒼蒼，白露為霜」（〈蒹葭〉）的「蒼蒼」是用來形容蒹葭（沒有穗的蘆葦）青翠茂盛的樣子，非常形象。白話文中，善用疊字描寫景物的有朱自清《荷塘月色》，他用「曲曲折折」、「田田」、「亭亭」等形容荷塘、荷葉、荷花，形象生動，充滿詩情畫意。名句通篇使用疊字，雖重覆但不厭煩，重要在於變化。名句中的疊字，就有這一特點。「杳杳」具有幽暗的色彩，「落落」具有寥廓的空間感；「啾啾」指有聲，「寂寂」指無聲；「淅淅」寫風聲，「紛紛」寫雪花飄舞狀；「朝朝」、「歲歲」言

時間，不過時間有短有長。八個疊詞，表現不同的對象，具有不同的詞性，有形容詞（如杳杳、落落、寂寂）、象聲詞（啾啾、淅淅），有副詞（紛紛）、名詞（朝朝、歲歲），變化多端。

【小練習】

　　試用疊字描寫以下三種對象，疊字的詞性不拘。

- 描寫聲音的
- 描寫色彩的
- 描寫形狀的

天門中斷楚江開，
　　碧水東流至此回。
兩岸青山相對出，
　　孤帆一片日邊來。

唐・李白《望天門山》

【譯注】

　　天門山被奔騰洶湧的楚江從中間斷開，碧綠的江水流到這裏轉而迴旋向北流去。兩岸巍峨的青山迎面而來，躍入眼簾。在月光照耀下，一片白帆自天邊駛來。

- 天門：天門山，在今安徽當塗西南長江兩岸。東邊是博望山（亦稱東梁山），西邊是梁山（亦稱西梁山）。兩座大山夾江對峙，中間如門，所以稱天門山。

- 楚江：指長江，春秋戰國時安徽屬楚國地域，所以稱流經此地域的長江為楚江。

- 至此回：長江東流至天門山附近，迴旋向北流去。
- 日邊：傍晚日落的地方，一說是指日出的東方，亦通。

【名句賞析】

　　這首絕句是詩人在唐玄宗開元十三年（公元 725 年）寫的，那時詩人乘舟過天門山，從船上遠眺，雄奇的天門山與浩浩蕩蕩東流的長江呈現眼前，如此壯麗的景色，觸動了他的靈感，於是寫下這首詩。首句寫天門山山勢中斷是由楚江洶湧澎湃的流水撞開所致，可謂鬼斧神工。句中形象地描繪出峭拔險峻和翻滾奔騰的水勢，寫山也寫水，以山為主。第二句也是山水一起寫，不過以水為主，山則隱藏在後面。句中寫水流湍急，波濤洶湧，迴旋起伏，是由於水流在兩山相夾的通道中奔流所致。第三句寫青翠山脈層峰疊巒，連綿不絕。最後一句把峰巒宕開，不寫山水，而寫天水相連的極遠處的一片帆影：雪白的船帆與鮮紅的落日互相映照，使全詩呈現色彩繽紛的畫面。

【點指技法】

　　在寫景的技法中有一種叫「移步換景」法。所謂「移步換景」，是指作者的觀察點不斷更易，所描寫的景物亦不斷變換。步伐轉移了，觀察點就不同，所見的事物自然也就不同。詩人從所乘的船眺望，全詩緊扣這個「望」字，形象地描繪出天門山夾江對峙的獨特景色，詩中有山有水，景物有遠有近，都隨着詩人觀望天門山的立腳點改變而不斷地變更。第一句寫天門山和水的壯闊氣勢；第二句寫江水受到約束並產生反作用，因而產生轉彎向北流的奇觀；第三句運用相對運動的原理，使人覺得青山似乎跳來相迎；第四句，在水天相接

處，一片燦爛的陽光中，白帆飄然而來。至此，青山綠水、白帆、紅日構成的一幅美麗的山水畫卷盡現於讀者眼前。全詩畫面十分靈活，近景遠景配合得自然和諧。

【小練習】

試使用「移步換景」法描寫你所處的城市景貌，字數不限。

獨憐幽草澗邊生，
上有黃鸝深樹鳴。
春潮帶雨晚來急，
野渡無人舟自橫。

唐・韋應物《滁州西澗》

【譯注】

　　特別喜歡山澗邊生長的幽草，黃鸝在枝葉茂密的樹上歌唱。春潮伴着暮雨急驟地湧來，四處無人，唯有一隻小舟在郊野的渡口漂浮。

- 獨憐：只愛，引申為最喜愛，特別喜愛。獨，只是。憐，愛。
- 澗：山澗，山間的水溝。
- 黃鸝：鳥名。身體黃色，淡紅色嘴，善鳴，聲音婉轉動聽，亦叫黃鶯。
- 野渡：郊野的渡口。
- 自橫：自由地漂浮。

【名句賞析】

作者韋應物（約737－約791年），中唐詩人，京兆萬年（今陝西西安）人。他曾在滁州、江州、蘇州作官，以寫田園風物而著名，語言簡練自然。《滁州西澗》寫於唐德宗建中二年（公元781年），當時詩人出任滁州（今安徽滁州）刺史（掌握一州的軍政大權）。在歐陽修名作《醉翁亭記》筆下，滁州是一個山明水秀、景色變化多端的城市，他說：「環滁皆山也，其西南諸峰，林壑尤美」。西澗正處滁州西郊野，即位於「尤美」的林壑之中。詩中所寫的景物都是常見的：澗邊的幽草，深樹上的黃鸝，春天的潮水，急驟的暮雨，郊野的渡口和船隻。但經過詩人的藝術加工後，便構成一幅意境幽怨的圖畫。全詩寫的是暮春景物，首二句寫日間所見：首句寫暮春時節，群芳凋零，但是澗邊綠草萋萋，詩人「獨憐」碧綠的青草，可見詩人對「幽草」注入的情愫。首句寫靜態，而第二句寫黃鸝在深林歌唱則是動態，二者互相映襯。第三、四句時空變異了，側重寫郊野渡口的入夜景色，映入眼簾的是雨中潮漲、渡口無人、孤舟隨意漂盪的畫面。扁舟的孤獨和詩人的孤獨感完全融入了沉沉的暮靄中，尤其是末句「野渡無人舟自橫」，孤舟在雨急潮漲中悠然自若的姿態充滿了詩情畫意，令人神往。

【點指技法】

在「名句賞析」中，我們只欣賞了名句中詩情畫意的一面，而沒有分析其借景述意、有所寄託的內涵。有關這方面，評論家是有爭論的。借景述意表現於首二句春天繁榮的景物中，詩人獨愛自甘寂寞的澗邊幽草，而無意於深樹上鳴聲誘人的黃鸝，把牠視作陪襯，相互對

照，可見作者安貧守節的精神。後二句寫春潮帶雨，水勢湍急，郊野渡口寂靜無人，空空的渡船在風雨交加的漲潮中自在地浮沉，悠然空泊。這種水急舟橫的悠閒景象，正是詩人心境的寫照，還蘊含着一種不在其位，不得其用的無奈：詩人不在要津（津是渡口，要津比喻高官），而在野渡漂泊，説明自己對朝政無所作為。這種對詩歌的不同理解是與欣賞者的思想修養、生活閱歷、鑑賞水平分不開的，中國文論中的「詩無達詁」（文藝作品沒有肯定確切的解釋）正是此意。我們應該尊重各種不同的看法。

【小練習】
　　試運用借景述意、內涵有所寄託的寫作手法，描寫一段約 300 字的風景。

結廬在人境，而無車馬喧。
問君何能爾，心遠地自偏。
採菊東籬下，悠然見南山。
山氣日夕佳，飛鳥相與還。
此中有真意，欲辨已忘言。

晉・陶淵明《飲酒》（其五）

【譯注】

　　建屋住於凡塵俗世間，而聽不到車馬的喧鬧聲。你問我為什麼能如此？因為心靈遠離塵世，自然會像身處偏僻深山一樣幽靜。在草廬的東籬下採摘菊花，心情閒適自在，這時，遙遠的南山悠然浮現在眼前。傍晚時分，山中氣象分外美好，鳥兒成群結伴陸續飛返。其中蘊涵着人生和自然的真諦，想要辨別清楚，卻已非語言所能傳達了。

- 結廬：建造房舍。廬，廬舍，簡陋的房屋、田舍。
- 人境：人們居住的地方。
- 君：作者自指。
- 爾：如此。

- 心遠：內心遠遠地遠離俗世。
- 東籬：東面的籬笆。籬笆，農村用竹子樹枝、蘆葦等編成的圍牆或屏障，一般環繞在房舍、場地等的周圍。
- 南山：一說即柴桑山，在今江西九江西南九十里，陶淵明家鄉即以此山得名；一說即廬山，柴桑山在廬山北麓。
- 日夕：傍晚。日，太陽。夕，日西斜。

【名句賞析】

　　作者陶淵明（公元 365－427 年），字元亮，一說名潛，字淵明，東晉潯陽柴桑（今江西九江）人，早年曾做過幾任地方官，41 歲任彭澤（在今江西北部，長江南岸）的縣令（一縣的行政長官）。可是他發現官場的一切都與自己的志向不合，於是只做了八十多天便毅然「息駕歸閒居」（《飲酒》其十），辭官歸隱去了。

　　詩人透過首兩句述說儘管自己居住在紅塵滾滾的人間，但卻聽不到車馬的喧鬧聲，其中第二句除了指現實中門前真的沒有車馬喧鬧，還指他已經離開官場的競逐，跟達官顯貴沒有來往了。不過詩人在第三、四句中用自問自答的方式說明這是因為「心遠地自偏」，此句極有哲理意味，說明了人的主觀的能動作用，它可以克服客觀世界帶給自己的種種限制；第五、六句「採菊東籬下，悠然見南山」描寫詩人此時完全沉浸在外界景物中，進入物我兩忘的境界，它可說是中國詩歌中描述人與大自然親密無間，達到天人合一的最高境界。在西方文化中，人要征服自然，人和自然是對立的；而陶淵明詩則強調人與自然的一體性，追求人與自然的和諧。

【點指技法】

　　第五、六句之所以能表現如此豐富深刻的內涵，是與其使用的語言技巧有重要的關係：「見南山」的「見」字用得十分準確，形象生動。有的版本以「見」字作「望」，蘇軾不以為然，他認為：「因採菊見山，境與意會，此句最有妙處。」而作「望」字則此篇神氣都索然矣。為什麼呢？「見南山」寫出詩人在採摘菊花時，無意間抬起頭來，閒適的心情與靜穆的南山不期然相遇，頓時物我兩忘，融成一片，達到一個獨立自主的境界。「望南山」則是寫詩人有意識地眺望南山。前者中，山與人是互動、互相滲透的；而後者中，山完全是被動的，二者是分離的。相比之下，「見」字更能道出詩人悠閒的情趣和超然物外的恬適心境。可見煉字對表達情意和創造意境的重要性。。

【小練習】

　　試找幾個同義詞（不分詞性，但最好是形容詞）描繪某一景物，然後挑選其中一個最準確、最形象、最生動的字詞，並說明其原因。

梅子黃時日日晴，小溪泛盡卻山行。
綠蔭不減來時路，添得黃鸝四五聲。

南宋・曾幾《三衢道中》

【譯注】

　　初夏季節，梅子黃時，天氣竟然日日晴朗。在小溪裏乘船到了盡頭，棄船上岸改從山路回去。一路上綠樹濃蔭和來時一樣的美好，身旁更增添了幾聲黃鸝的鳴囀。

- 梅子黃時：即黃梅季節，中國淮河長江流域一帶春末夏初梅子黃熟季節，多連天陰雨天氣，空氣潮濕，易使衣物發霉，故稱「黃梅季」。這時下的雨，叫梅雨或霉雨。
- 泛盡：泛舟到了盡頭。泛，泛舟，乘船遊玩。
- 卻：（放棄乘船）轉而。
- 不減：不少於。和……差不多。
- 黃鸝：鳥名。身體色黃，嘴淡黃色，善啼鳴，聲音婉轉動聽，也叫黃鶯，黃鳥。

【名句賞析】

　　作者曾幾（公元 1085－1166 年），字吉甫，贛州（今江西贛縣）人，徙居河南（今河南洛陽）。其詩風格清新，陸游曾從他學詩。《三衢道中》是一首記遊的絕句，寫詩人於初夏先泛舟後山行時的所見所聞，抒發了他對大自然意外賜予的美景的新感受。三衢，指三衢山，在今浙江衢縣境內。首句點明季節及天氣，「梅子黃時」正是農曆四月，江南初夏時分，這時慣常是陰雨連綿，不見麗日；然而當前卻是「日日晴」，連續幾天天氣晴朗。請注意此句中「梅子黃時」和「日日晴」之間暗用了個「卻」字，其中含有對「日日晴」的意外驚喜，對於旅遊者來說是念盼不已的。次句明用「卻」字，但用法不同，前者作副詞，表示轉折，後者作動詞用，是「捨棄」、「轉而」之意，意思是泛船到了盡頭，不能前行，於是只好棄舟登岸山行，由此可見此詩用字簡練。至此，我們不知道作者是往哪裏走，到了第三、四句才知道詩人是在走回頭路。來時的路是什麼樣子，詩人沒有寫，而是在回頭路上描寫出來。第三、四句寫來時從船上看到山間小路上是一片「綠蔭」，山行歸去時，「綠蔭」的景象並沒有什麼變化，所不同的是末句：「添得黃鸝四五聲」，倘若詩人的描寫只是停留在山、水和樹的形狀、顏色（如梅黃蔭綠溪小）的靜態描寫上，那麼畫面就不會如此豐富多彩了。此句為全詩添加了「聲」——黃鸝的啼囀。在幽靜的深山老林中，四五聲鳥啼打破了沉寂，靜中有動，活化了靜態的畫面，使整個環境生機盎然，乃傳神之句。

【點指技法】

　　名句的構想十分奇妙，它沒有在一開始把全部景、物呈現出來，

而是透過一個又一個轉折逐次展露。首句一轉折：梅雨季節反而日日天晴；第二句又一轉折，詩人泛舟到盡頭，棄船上岸山行；第三句承第二句的「山行」，讀者以為「山行」是往前走，原來是走回頭路，所見的是來時同樣的情景，只是立足點不同而已。之後又是一個迴旋式的轉折，本來以為會繼續寫靜態的景物，但詩人卻轉寫黃鸝的叫聲，達致以動襯靜，動靜結合的效果。

【小練習】

　　試寫一段參觀遊樂場或主題公園的文字，其中請使用轉折的技法。

山外青山樓外樓，
西湖歌舞幾時休？
暖風薰得遊人醉，
直把杭州作汴州。

南宋・林升《題臨安邸》

【譯注】

　　青山之外還有青山，人們在西湖上載歌載舞，甚麼時候才會停止？暖洋洋的風吹得遊人如醉如癡，竟然把杭州當成了汴州。

- 暖風：和暖的風，語帶雙關，既指自然界和煦的春風，也指由長歌曼舞帶來的令人如醉如癡的靡靡之風。
- 薰：吹。
- 遊人：指一般遊湖的人，也可能是指達官貴人。
- 直：簡直。
- 汴州：即汴梁（今河南開封），北宋京城。

【名句賞析】

　　這是一首寫在臨安城（今杭州）一家旅舍牆壁上的詩，詩中形象化地描繪出令人迷醉的杭州西湖的繁華景象，給人留下深刻的印象，詩中更蘊含了濃厚的政治諷刺意味。作者林升，生卒年不詳，大約生活在宋孝宗執政時期（公元 1163－1189 年），平陽（今屬浙江）人，詩本無題，清人厲鶚編《宋詩紀事》收此詩時加上《題臨安邸》（書寫在臨安旅舍）這個題目。要讀懂這首詩，首先要了解它的時代背景：宋欽宗靖康元年（公元 1126 年），金兵攻陷北宋首都汴梁（今河南開封），俘虜了徽宗和欽宗兩個皇帝，中原被金人侵佔。欽宗弟趙構在臨安即位，是為宋高宗，南宋從此開始。從宋高宗建都臨安至宋孝宗淳熙年間，經過半個多世紀，朝廷一直採取苟且偏安的國策，特別是在宋孝宗與金人訂立了《隆興和議》之後，南宋政權處於相對穩定的時期。加上杭州本來就是湖光山色冠絕東南的「人間天堂」，宋高宗等帝王更是大興土木，修築宮殿樓觀，而高官顯貴也上行下效，相繼經營宅第，以供縱情聲色、尋歡作樂之用。名句從杭州有代表性的景觀寫起：青山之外又有青山，高樓之外又有高樓，描繪出青山連綿起伏與高樓櫛比鱗次的西湖獨有勝景。《西湖老人繁勝錄》中的幾句話可以補充說明：「回頭看城內山上，人家層層疊疊，觀宇樓台參差如花落仙宮」，以上是第一句的內容，它是從靜態、從空間的無垠來寫杭州的美景。

　　第二句「西湖歌舞幾時休？」則是從時間晝夜不息，以動態──酣歌暢舞來表現杭州的繁華場面。「幾時休」是反問句，是無休無止的意思，其中含有在此表面繁華背後山河破碎、國家不得統一的慨歎！末句以諷刺的筆觸描述南宋朝野人士在歌舞昇平的暖風吹襲下暈頭轉

向，忘卻了失去中原土地和在金兵鐵蹄下呻吟的父老兄弟，誤以為自己還生活在以往未被佔領的首都汴梁呢！

【點指技法】

宏大的主題並不一定要用宏大的題材來表現，名句中用耳聞目見的題材——杭州的勝景，以及描述南宋朝野上下被奢靡的「暖風」薰得如醉如癡，完全忘記國土破碎之痛，日以繼夜，縱情聲色，樂不思蜀，其中自自然然地流露出詩人對國家命運和前途的關懷，也不乏對朝廷的諷喻意味，這種以小見大的表現手法值得學習。

【小練習】

你的身邊有沒有一些事物能反映出社會民生問題或政治局勢？試學習名句中以小見大的手法寫一篇散文，以細小的現象表達宏大的主題，字數不拘。

荷盡已無擎雨蓋，
　　菊殘猶有傲霜枝。
一年好景君須記，
　　最是橙黃橘綠時。

北宋‧蘇軾《贈劉景文》

【譯注】

　　荷花開盡，大片遮擋風雨的荷葉已經枯萎消失了，菊花也已經凋殘，但仍有不畏寒霜的枝幹傲然挺立。請你記住，一年最好的景色，還是在橙子金黃、橘子碧綠之時。

- 擎雨蓋：荷葉又大又闊，像一塊塊盤子，又像插在水中的大傘，能遮擋風雨。
- 傲霜枝：傲視寒霜的枝幹。「傲」本來是形容詞，句中作動詞，意為傲視、蔑視。「傲霜」在文中引申為不畏寒霜之意。
- 橙黃橘綠：橙和橘都是常綠喬木，果皮紅黃色，這是它們的共同處，為本詩所利用，四個字乃互文：即橙黃綠、橘黃綠。

【名句賞析】

　　這首絕句是蘇軾贈給好朋友劉景文的勉勵詩，劉氏為人博學能詩，王安石很欣賞他寫的詩，還提拔他。蘇軾亦曾誇讚他為「慷慨奇士」，並舉薦他。這首詩作於宋哲宗元祐五年（公元 1090 年），那時蘇軾在杭州任太守，劉也在杭州作官，二人交情至深，常詩酒往來，除此詩外，還有多首。此詩借寫景讚揚對方，勉勵對方，並自勉。前兩句概括地描繪了殘秋初冬的圖景。本來夏天的荷花十分美麗，楊萬里在《曉出淨慈寺送林子方》中云：「接天蓮葉無窮碧，映日荷花別樣紅」，蓮葉茂密，葉葉相連，互接天際，在陽光照耀下，荷花紅艷醉人，呈現出難以言說的特殊的美。然而到了殘秋，這些花兒都凋謝了，那又大又圓，像碧綠的翡翠蓋，又像插在水中的大傘，一片接着一片的荷葉已經枯萎了，再也不能遮擋日曬與風雨吹打，但枝幹仍然在寒風中傲然挺立。菊花是「花中君子」，它無時無刻不迎着刺骨的寒風怒放。縱使秋霜落在花上，菊花仍扎根於土壤之中，茁壯成長，它的枝幹挺拔直立，葉片依然鬱鬱蒼蒼，這就是詩人在百花中獨選荷菊的原因。花凋謝了，但荷花的純潔，菊花堅貞的精神卻仍然存在世間，這在「擎」、「傲」二字對二者的描繪中顯示出來。儘管荷葉的枝幹還在寒風中高舉着，菊花枝葉迎着冷霜挺立，但是荷、菊的花畢竟是凋謝了，只有橙與橘仍然枝葉繁茂、金黃碧綠、閃亮耀眼。荷盡菊殘只是給橙橘的出現作鋪墊而已。

【點指技法】

　　名句全篇都使用了借物喻人的技巧，荷花喻出污泥而不染的純潔人格，菊花喻經得起寒風冷霜孤傲不屈的人格，屈原在《橘頌》裏歌

頌橘是:「深固難徙,更壹志兮」(根柢深固不會遷移,一心一意植於故土)、「青黃雜糅,文章爛兮,精色內白,類可任兮」(未熟時青、熟時黃,二色雜糅,絢爛多姿,外表精純,內裏潔美,可委以重任)、「蘇世獨立,橫而不流」(對世事有清醒的認識,不隨波逐流),可見橘子是內外修美、忠貞不渝的完人的象徵。唐代詩人張九齡也讚揚橘「豈伊地氣暖,自有歲寒心」(哪裏是因為地氣暖和,全靠自己有耐寒的本性),意思是它有松柏一樣的耐寒本性。所以詩中末句才有「一年好景君須記,最是橙黃橘綠時」,其中充盈着對所寫的景和所喻的人的感情。

【小練習】

　　試以一件物件比喻自己,撰寫一篇短文,仔細觀察該物件的特質和自己相近之處,加以描寫。

茅簷長掃淨無苔，
　花木成畦手自栽。
　　一水護田將綠繞，
　　　兩山排闥送青來。

北宋‧王安石《書湖陰先生壁》

【譯注】

　　茅屋簷下經常打掃乾淨得不見青苔。屋前草木一畦一畦地排列得整整齊齊，都是自己親手栽種的。院外一彎溪流護衞着農田，把綠色的土地環繞住兩座青山，推開門送來了滿眼的蒼翠。

- 茅簷：茅屋簷下，指庭院。
- 長：不是長久，而是經常。
- 苔：青苔，綠色，常貼在陰暗潮濕的地方生長。
- 成畦：成壟成行。畦，田地裏用小路將地分為整齊的小塊土地。
- 一水：一條河流，省略了數量詞「條」，下句的「兩山」，也省略了數量詞「座」。

- 護田：護衛着農田。
- 排闥：撞門，語出《史記‧樊噲傳》：「噲乃排闥直入。」這句是說漢高祖劉邦病臥禁中，下令群臣不得進見，但樊噲排闥（推門）直入。

【名句賞析】

　　王安石（公元 1021－1086 年），北宋撫州臨川（今江西臨川）人，宋代著名思想家和政治家。這幾句詩是王安石退隱金陵（今江蘇南京）時所作。詩是題在湖陰先生家的牆壁上。湖陰先生是王安石的鄰居並經常來往的朋友楊德逢，他是一個無意仕途，學問淵博的山林隱士。據說有一天王氏外出閒步，詩興大發，遂放聲吟詠，巧遇楊氏，遂邀還家題詩。書寫工具尚未準備就緒，王氏已經大筆一揮，把詩題在牆壁上。楊氏讚不絕口，王笑道：我這是「思溢難阻，如乳欲滴」（詩思滿溢，無法阻擋，像母乳止不住下滴），制止不住了，所以詩題為《書湖陰先生壁》，又名《抒乳詩》。往往好的藝術作品都不是被外力所迫而勉強寫出來的，它們是內在的需要，是心泉奔湧的時候抑制不住的自然流瀉。

　　首句「茅簷」指代主人的屋宇庭院，表示他的簡樸，「長」和「淨」二字用得巧妙。句中為什麼不用「常」而用「長」呢？因為「常」只是表示時間「經常」，而「長」不但可表示時間，還可以表示空間，含有將整個庭院都掃到了的意思。初夏多雨，有利於青苔的生長；加以青苔喜陰暗，總是生長在看不到的角落裏，較之其他雜草更難於清除，所以「淨無苔」更能表現主人的勤勞、愛乾淨。另一方面，「淨」字還表現了潔淨清幽的環境能使人的心平靜下來，乾淨、安靜及

平靜是可以互通的。第二句寫院子裏花木繁茂，品種多樣，而且區分成畦，排列整齊，還特別點明是主人親手栽種的，說明了主人的勤勞以及高尚的生活情趣。此二句寫近處庭院內的景物，第三、四句寫遠景，即庭院外面的風光：彎曲的河流，碧綠的田疇，還有更遠處的青翠山巒。

【點指技法】

末二句「一水護田將綠繞，兩山排闥送青來」是寫景名句。前句本來是說碧綠的農田位於曲折的水邊，詩句卻說河水喜愛農田的碧綠而特意將它護衛環繞起來；後句本來是詩人遠眺兩山美色，但詩中卻說兩座山自動推開門，把蔥翠欲滴的山色送到人們的眼前，供人們近距離欣賞。由於注入了作者的感情，山從沒有生命的死物變為光彩四溢、奪人眼目的活體，充滿了動感，顯示出人和大自然的和諧關係，這種寫法及其藝術效果在寫景詩中是極為罕見的。

【小練習】

試用擬人法造幾句寫景句，請將景物化被動為主動，變死物為活物。

山重水複疑無路，
　柳暗花明又一村。
簫鼓追隨春社近，
　衣冠簡樸古風存。

南宋．陸游《遊山西村》

【譯注】

　　在山谷中，走過一座山又一座山，渡過一道水又一道水，前進着，前進着，發覺前面好像沒有去路。誰知道峰迴路轉，一座柳樹成蔭、繁花耀眼的村莊出現在眼前。吹簫打鼓，一群群樂隊熙來攘往，祭祀土地神的日子臨近了。村民衣冠穿戴簡單淳樸，保留古代的風俗習慣。

- 山重水複：重重疊疊的山峰和河流，另一版本作「山窮水盡」。
- 春社：春分（二十四節氣之一，在三月二十或二十一日）前後祭土地神（社神）的日子叫春社。

【名句賞析】

　　陸游（公元 1125－1210 年），字務觀，自號放翁，越州山陰（今浙江紹興）人，是偉大的愛國詩人。他生於北宋滅亡之際，畢生志在抗金，恢復中原。現在人們多注意他豪邁的愛國詩篇，其實，他熱愛故國鄉土，亦寫了不少相當優秀的山水田園詩。《遊山西村》就是其中一首，其中「山重水複疑無路，柳暗花明又一村」更成為膾炙人口的名句。不過，人們多從人生哲理的角度去理解，而忽視其中的詩情畫意。

　　這首詩寫於宋孝宗乾道三年（公元 1167 年）陸游 42 歲那年，前一年，他因主張用兵抗金而被罷官，從隆興府（今江西南昌）任所罷官回家，閒居於此。作者到三山西面一個村落遊玩時寫下這一首記遊詩，名句引用了頷聯、頸聯（第三至六句）。首聯「莫笑農家臘酒渾，豐年留客足雞豚」，描寫詩人作客山村時受到熱情款待的情景：正好逢上豐收年，好客的村民拿出自釀的渾濁臘酒讓客人品嘗，還殺雞宰豬留客人用膳。頷聯「山重水複疑無路，柳暗花明又一村」寫在受到熱情豐盛的招待之後，回憶來時的歷程，許多人都認為只是描寫山水的優美：說「山重水複」是描寫山與水的曲折幽深，因為山水重疊，曲折往復，才會讓讀者產生「疑無路」的感覺；又正因為有了「疑無路」，前面所寫的山水轉折才襯托得格外突出。這種說法不無道理，其實「山重水複」是表現來時路程的艱辛，詩人過了一重山又過了一重山，渡過一道水又過了一道水，登高山、渡逆水，非常艱辛，所以在「疑無路」之後驟然一座柳暗花明的美麗村莊出現在眼前，才有豁然開朗的感覺，從字裏行間可以體會到詩人的驚愕與喜悅，這和辛棄疾的「眾裏尋他千百度，驀然回首，那人卻在燈火闌珊處。」（《青玉

案‧元夕》）所表達的內容不同，但在表現手法上卻有異曲同工之妙。頸聯寫在村中見到的古樸民風民俗，顯示了詩人熱愛鄉土的情懷。

【點指技法】

「山重水複疑無路，柳暗花明又一村」，是經常被人引用的千古名句。在曲折的人生道路上，人們經常會遇到絕處而不期然出現出路的境況，但這句告訴人們，不論在任何情況下都不要絕望，而要堅持下去，因為光明在前頭迎接你。在詩中，作者只是在寫景，但讀者卻能領悟當中的哲理，可見哲理不一定要乾巴巴地説出，而可透過具體形象和富感性的形式來表達。這就是宋詩的特點。

【小練習】

試寫一段描寫文，既要表現出景物的美，又要表達出人生哲理。

橫看成嶺側成峰，
　　遠近高低各不同。
不識廬山真面目，
　　只緣身在此山中。

北宋‧蘇軾《題西林壁》

【譯注】

　　從橫向觀察，見到的是連綿起伏的山嶺；從側面覽勝，看到的是奇峻聳立的山峰；從遠處、近處、高處、低處不同的距離和角度去觀賞，廬山都呈現各種迥然相異的面貌。之所以無法看清楚它的真實面目，乃是因為身處在此深山之中。

- 橫看：橫向看，廬山是南北走向，橫看就是從東面或西面看，即從正面看。
- 側：側面，從側面看，即從山的一端——南端或北端看。
- 面目：指廬山整體的景色。
- 緣：由於，因為。

【名句賞析】

　　這是蘇軾在廬山西林寺的題壁詩。詩寫於宋神宗元豐七年（公元 1084 年），那年五月他到訪廬山，同時寫有七首遊詩，其中《廬山二勝》有短序云：「余遊廬山，南北得十五六（即遊程達全山十分之五六），奇勝殆不可勝紀。」在《東坡志》卷一「記遊廬山」條自述在遊廬山所作諸詩，「最後與總長老同遊西林」、「僕作廬山詩盡於此矣」，可見這首詩是他遊廬山之後對廬山全貌的總結性題詠，了解這一寫作背景，有助於讀懂這首詩。

　　廬山為我國的名山，它位於江西九江市，臨近鄱陽湖和長江，有九十餘座山峰，平均高度多在 1,000 米以上。山體面積 280 平方公里，其特色為奇峰林立，雲霧繚繞，瀑布奔湧，自古便有「匡廬奇秀甲天下」的美稱。西林寺又稱乾明寺，在廬山七嶺之西。首句可以說是寫實景，據南山宣律師《感通錄》云：「廬山七嶺，共會於東，合而成峰」，可見蘇軾說「橫看成嶺側成峰」是有來由的。如果不是遊過全山，把山的遠近高低的峰嶺在心中構成整體形象，恐怕只能看到峰巒高聳的形狀，而不能有多樣不同的面貌。次句「遠近高低各不同」，另一版本作「遠近看山各不同」，只有遠近而沒有高低，語意更明晰，但內涵卻狹窄了。此句實應讀作「遠近高低看山各不同」，才能與第三句的「識」字緊密相扣合。當人們置身深山中，所見的一峰一巒、一丘一壑，和在別的深山中所看到的一峰一巒、一丘一壑似乎沒有什麼差異，因為你只看到其局部，無法把握它的總體面貌及真實的形象，我們須跳出廬山並與之保持一定的距離，而後遠眺鳥瞰方能實現。遊山欣賞景色如此，觀察世上事物也常如此。由於人們所站的位置不同，看問題的出發點有異，對客觀事物的認識難免片面，因此要

認識事物的全貌和真相，必須超越狹小的範圍，擺脫主觀偏見，其中顯示了非常深刻的生活哲理。

【點指技法】

　　中國古代詩歌不論抒懷或寫景均不主張以哲理入詩，這種議論是相當片面的。其實詩歌並不排斥理趣，問題在於理趣與詩的內容是否水乳交融，詩中能否通過藝術形象來表現此一哲理命題，使人從中得到有益的教示。這首絕句就能做到這點，詩中具體的形象和抽象的哲理得到了完美的統一。

【小練習】

　　不少宋詩都表達着深刻的哲理，如王安石《登飛來峰》：「飛來山上千尋塔，聞説雞鳴見日升。不畏浮雲遮望眼，自緣身在最高層。」試分析此詩如何通過描寫景物表達哲理。

岱宗夫如何？齊魯青未了。
造化鍾神秀，陰陽割昏曉。
盪胸生層雲，決眥入歸鳥。
會當凌絕頂，一覽眾山小。

唐‧杜甫《望嶽》

【譯注】

　　泰山的景象到底是怎樣呢？在齊魯一帶，青翠的山色望不到邊際，大自然把無限的神奇和靈秀集中在它的身上。山體高而大，山南向日已至破曉之時，山北背日仍然昏暗，如同分割為黃昏與白晝那樣分明。山中雲氣疊出層生，使人心胸盪漾。極目遠望，飛鳥歸山，盡入眼簾。一定要竭力登上泰山的頂峰，俯視群峰，下面重重疊疊的山巒顯得如此渺小。

- 岱宗：即泰山，泰山在山東泰安東北，又稱東岳。宗，長的意思，泰山為五嶽（東嶽泰山，在山東；南嶽衡山，在湖南；西嶽華山，在陝西；北嶽恆山，在山西；中嶽嵩山，在河南）之首，故稱泰山為岱宗。
- 夫如何：意即怎麼樣呢？夫，虛詞，嵌入句中，有讚歎的意

味，整句可譯為何以被世人稱為五嶽之首。

- 齊魯：古代齊、魯兩國名，齊於泰山之北，魯在泰山之南，泛指山東一帶。
- 青未了：指鬱鬱蒼蒼的山色無邊無際。青，指山色。未了，沒完沒了，不盡。
- 造化：自然界的創造者，亦指大自然。
- 鍾：集中，聚集，鍾情，此處可解作「賦予」。
- 陰陽：陰，指山北（水南）。陽，指山南（水北）。
- 割：分割，區分。
- 決眥：極力睜大眼睛。決，裂開。眥，眼眶。
- 眾山小：《孟子·盡心上》：「孔子登東山而小魯，登泰山而小天下。」意為孔子上了東山（即蒙山，在今山東蒙縣陰南）便覺得魯國小了；上了泰山，便覺得天下也不大了。

【名句賞析】

　　蘇軾《題西林壁》有云：「不知廬山真面目，只緣身在此山中。」杜甫這首詩是在遠處望泰山，所以能夠認識到泰山真面目。唐玄宗開元二十年（公元 735 年），詩人赴洛陽考進士，落第而歸，於是漫遊齊趙（今河南河北山東）一帶，約五年時間。《望嶽》是他遊山東初經泰山，望見它的氣勢磅礴與神奇秀美而揮毫寫下的。全詩由「望」而「讚」，再現了山勢的巍峨雄偉，意境開闊。這首詩被後人譽為千古「絕唱」，並刻在石碑上，永遠立在泰山之麓。

　　本詩開篇，以「岱宗」發端提出疑問，寫出了詩人初見泰山時

的驚歎仰慕之情。第二句寫遠望泰山的總體印象，蓊蓊鬱鬱，青青蔥蔥，延伸開去，即使出了齊魯的邊境都能看得見。第三、四句寫大自然鍾愛泰山，把神奇與靈秀全都賦予它，還透過山南山北晦暗明亮的光線迥異，呈現其高峻與氣勢不凡的形象。第五、六兩句通過感受寫泰山雲氣層出不窮，心胸為之盪漾，末句用孟子「登泰山而小天下」之句抒發襟懷。

【點指技法】

　　這首詩的結構非常嚴謹，以「望」字貫串全詩，但詩中不見此字。首二句先寫遠望泰山的總體面貌，首句以設問開頭，給下句描繪泰山留下廣闊的空間；第二、三、四句就是對首句的答覆，第二句用口語化的「青未了」描繪泰山的綿延之廣，體積的龐大廣闊，是遠望；第三、四句寫近見之景，是上句「青未了」的注腳，具體描寫泰山的神秀及其高聳；第五、六句寫雲氣層疊，候鳥飛林，萌生登臨絕頂的意念，激起內心浩然之氣，胸襟廣闊。末句乃點睛之筆，表現詩人更上一層樓的氣概。

【小練習】

　　學習本詩撰寫一篇散文，先以設問開始，然後寫景，最後抒發感受，字數不限。

春歸何處？寂寞無行路。
　　若有人知春去處，喚取歸來同住。

春無蹤跡誰知？除非問取黃鸝。
　　百囀無人能解，因風飛過薔薇。

北宋・黃庭堅《清平樂・晚春》

【譯注】

　　春天回到了哪裏？悄悄離去，沒有留下它的腳印。倘若有人知道春天的去向，呼喚它回來跟我們住在一起。春天沒有蹤跡，有誰知道呢？要想知道，只有去問問黃鸝。黃鸝千萬遍婉轉鳴啼，又有誰能理解牠的意思？黃鸝只好順着風勢飛過薔薇叢去。

- 行路：指春天走過的道路。
- 喚取：呼喚。取，語助詞，表示動作的進行，如「聽取」，下文的「問取」的「取」字用法相同。
- 黃鸝：也叫黃鶯，身體黃色，嘴淡紅色，善鳴啼，聲音婉轉動聽，多鳴於春夏之際。

- 因：順着、趁着。
- 薔薇：落葉灌木，<u>莖上多刺</u>，夏初開花，有紅、白、黃等顏色，芳香可製香料。

【名句賞析】

　　作者黃庭堅（公元 1045－1105 年），北宋文學家、書法家，詩文、書法與蘇軾齊名，並稱「蘇黃」。

　　作者在面對晚春景色有所感悟而寫下這首詞，詞中以輕鬆自然的筆調抒發他對春天即將消逝的依戀之情，充分表現他對春天詩般的愛意。上闋首二句寫春在即將歸去之際，作者已迫不及待地詢問其去處，可見其關心愛惜之情。詞中把抽象的春天擬人化，並與之對話，不但問春天，也問其他人，雖然明知不會有答案，但還是不厭其煩地問，非常可笑，說明作者的天真可愛，讀起來頗為風趣。下闋寫作者無法得知春天的蹤跡，只聽到黃鸝的鳴啼，絕望之餘，便當牠在報告訊息，可惜他不通鳥語。最後，鳥兒飛走了，作者仍在苦苦地尋覓。

【點指技法】

　　自古以來，中國文學中傷春、惜春、送春的作品不知凡幾。這類被文人不斷地寫、幾乎嚼爛了的題材，歷代卻不乏佳作，非但不會令人感到陳腔濫調，在作家費盡心思的苦心經營下，反而具有永恆的新鮮感。黃庭堅這首《清平樂·晚春》是其中的奇葩。作品能以獨特的藝術魅力傳頌千古，在於它採取了新的視角，使用了新穎的表現手法。作者不把主要筆墨放在消逝的春天上，而是把它當作是有鮮活生

命的朋友，與之互通。上下闋均用設問帶領，並以自答的方式結束，生趣盎然。

【小練習】

　　試參考名句的寫作手法，把某景物當作有生命的物體，並視之為朋友，描寫一段約 300 字的描寫文。

霧失樓台，月迷津渡。
桃源望斷無尋處，
可堪孤館閉春寒，
杜鵑聲裏斜陽暮。

北宋・秦觀《踏莎行・郴州旅舍》

【譯注】

濃重的白霧遮沒樓台，朦朧的月光蒙住渡口。對於理想中的桃源美境，萬般尋覓都找不到它的所在地，怎能忍受在孤寂的館舍裏被料峭春寒鎖住。在不停的杜鵑悲啼中，夕陽西下，黃昏到來。

- 失：使失去，動詞使動用法，引申為遮沒。
- 迷：使迷濛，用法同上，引申為昏暗看不清楚。
- 津渡：渡口、渡頭，有擺渡通過江河等水流的口岸。津渡是同義聯合結構詞。

- 桃源：指陶淵明《桃花源記》中所虛構的沒有災禍、沒有爾虞我詐、人人安居樂業的社會。
- 望斷：極目遠望。
- 可堪：怎麼能忍受。
- 杜鵑：亦叫布穀鳥或子規。古人認為其叫聲悲切，聲音像「不如歸去」，容易引起旅人歸思。李時珍《本草綱目》云：「杜鵑出蜀中，暮春即鳴，夜啼達旦，鳴必向北，至夏尤甚，晝夜不止，其聲哀切。」

【名句賞析】

秦觀（公元 1049－1100 年），宋代著名詞人。他非常仰慕蘇軾，亦受蘇軾賞識，與黃庭堅、晁補之、張耒並稱為「蘇門四學士」，蘇軾曾向朝廷推薦他任國史館編修。後因黨爭，屢遭貶謫，先貶到浙江的杭州、處州，再貶到湖南的郴州，最後貶到廣東的雷州。這首詞寫於被貶郴州之時。

作者以委婉曲折的筆法抒發自己內心憤懣與悽苦的心情。首三句呈現了漫天夜霧瀰漫、月光籠罩的淒涼迷茫境界，華麗的樓台在濃濃的霧海中消失了，來往的渡口被朦朧的月光隱沒了。當年陶淵明嚮往的人間樂土桃花源（在郴州以北武陵），遙遠得用盡眼力都無從望到。末二句中，詞人回到現實，他無法忍受孤獨地關閉在春寒料峭的旅舍中，黃昏時分聽窗外杜鵑「不如歸去、不如歸去」的悲鳴。總括而言，首三句的景物描繪中，隱含了作者對自己未來陰霾四佈看不見出路的迷惘；後兩句則進一步透過景物抒寫流放在外的孤獨寂寞心境及濃濃化不開的思鄉情懷，箇中的淒苦與酸楚可以想見。

【點指技法】

　　名句使用的是「因情造景」的技法。「因情造景」亦可稱為「緣情寫景」或「景因情設」。在這種技法中，情不是由景所引起，而是詩人心中先有了某種特定的情感，當他對自然景物進行觀照和描寫時，便會使景物染上不同的感情色彩。這種技法所寫之景不一定是實景，有時是為了抒發情感而描寫想像中的虛景。名句前三句是虛景，是作者想像中的境界，例如「月迷津渡」，明明寫的是晚上，末句「杜鵑聲裏斜陽暮」寫的是黃昏景色；而首三句中的樓台、津渡和桃源三個意象隱寓着豐富的內涵，「樓台」象徵崇高美好，「津渡」象徵未來的路向，「桃源」象徵樂土，三者分別使用了「失」、「迷」、「無」三個否定詞，接連寫出三個想像中的意象的消失，表現出作者被貶謫後對前途渺茫的惆悵之情。

【小練習】

　　古詩詞中有不少因情造景之作，試在你讀過的作品中找出一首，並予以說明。

菡萏香銷翠葉殘，西風愁起綠波間。
還與韶光共憔悴，不堪看！

細雨夢回雞塞遠，小樓吹徹玉笙寒，
多少淚珠何限恨，倚闌干。

南唐·李璟《攤破浣溪沙》

【譯注】

　　荷花香氣消失，翠綠的葉子凋殘，西風在綠波間吹起一層層愁苦的波浪，還彷彿與美好的時光一起逝去，人也衰老了，令人不忍卒睹。在細雨中入夢，醒來之後心神飛到遙遠的邊關。在小樓裏吹起玉笙，吹到最後，感到陣陣清寒。無數淚珠，萬般怨恨，身倚欄杆，愁思無限。

- 菡萏：荷花的別稱。
- 韶光：美好的時光。
- 不堪：承受不了，無法忍受。
- 雞塞：關名，在今陝西橫山西，這裏用以比喻邊遠的地方。
- 玉笙：精美的笙。笙，管樂樂器名，用若干長短不齊的簧管和一根吹氣管裝在一個鍋形的座上裝成，用口吹奏。

● 何限：何可限量，即無限。

【名句賞析】

　　作者李璟（公元 916－961 年），五代南唐皇帝。公元 958 年，周世宗南征，李璟割地稱臣，並去帝號，稱南唐中主。這首詞可能寫於受外敵威脅、精神頹喪之時。這首詞表面上是寫一個女子對秋天的愁恨，實際上詞人已把自己的情思注入語句之中，並給讀者留下聯想空間。上闋描寫秋天的景物，給人物的心緒提供了產生的環境：荷花謝了，香味消失；葉子枯萎，清冷的西風從綠波上吹過，引起愁苦的情緒。美好的時光逝去了，和美好時光一起消失的，還有人的青春，人亦變得衰老，令人不忍再看下去。下闋從寫景物轉入寫人事：在迷濛細雨中入夢，夢見與防守邊塞的親人相會，醒來之後心兒仍留在那裏，咫尺天涯，思念之情，不能自已。於是吹起笙來抒發情懷，吹到最後一曲，只覺得陣陣清寒，倚着欄杆，怨恨無限，淚如泉湧。

【點指技法】

　　怎樣的寫景詩才是最上乘？它不但能吸引人的眼球，而且能扣人心弦，那是因為詩中含有豐富的感情。有些寫景詩寫得很用力，極精細，極工巧，但是詩味不足；有些詩寫得很自然，卻很有詩味。二者分別在哪裏？分別在前者感情不夠真摯，所以雖用盡九牛二虎之力刻畫景物，卻無法將詩味表現出來；後者由於有了真摯的感情，所以看似不費力氣刻畫景物，卻能在景物中透露出作者的情思，於是詩作就有濃厚的詩味了。名句就是如此，其中描寫荷花的香消葉殘，連西風吹起的綠波都使人憂愁，於是詩人產生「還與韶光共憔悴」的慨歎，

美好的時光消失了，自己的青春也消失了，面容亦衰老了。所謂「景語即是情語」，在這幾句裏，景與情得到水乳交融的統一。因此，我們讀中國詩歌時，要注意情與景這種密不可分的關係，「菡萏香銷翠葉殘，西風愁起綠波間」和「細雨夢回雞塞遠，小樓吹徹玉笙寒」都充分體現了這特色，因此它們都成為經典名句。

【小練習】

　　試結合自己的生活環境，用 200 字左右帶感情地描繪某季節的景色，悲喜皆可，盡量做到情景交融。

第三章　花卉光影篇

江南可採蓮，蓮葉何田田。
魚戲蓮葉間，魚戲蓮葉東，
魚戲蓮葉西，魚戲蓮葉南，
魚戲蓮葉北。

漢樂府民歌《江南》

【譯注】

　　江南正是到了採蓮的好時節，浮在水面上的蓮葉多麼茂盛鮮美，一群群活潑的魚兒，在蓮葉間自由自在地嬉戲作樂。魚兒一會兒游到蓮葉東面，一會兒游到蓮葉西面，一會兒游到蓮葉南面，一會兒游到蓮葉北面。

- 江南：漢代指揚州地區。
- 何：多麼。
- 田田：形容蓮葉浮在水面茂密的樣子。
- 戲：遊戲，玩耍。

【名句賞析】

　　這是一首漢代民歌，是一首優美的採蓮曲，描寫出江南青年男女採蓮時的熱烈歡樂場面。此詩刻畫魚兒在蓮葉間穿梭往來的輕靈姿態，傳達出採蓮人歡快的心情，隱喻了青年男女在勞動過程中的友愛嬉戲。詩歌分「唱」、「和」兩個部分，前兩句是一人領唱，勾勒出清新生動的夏日江南的水鄉景色。「戲」字重複地出現，寫魚兒在水中敏捷歡暢的神態，看似寫魚，也在寫人，有以魚比人之意 —— 採蓮人划着小船在蓮葉間穿行，互相追逐嬉戲，宛如魚兒在水中游動。後四句是眾人和唱，以東、西、南、北四個方位的變化，描繪出魚兒在荷葉間嬉戲游弋的動人情景，節奏明快自然，具有很強的音樂感。

【點指技法】

　　這首民歌寫採蓮和蓮葉，首二句描寫茂密的蓮葉在水面浮動的樣子，後五句寫魚在蓮葉間的活動，句句離不開魚和蓮葉，每句只換了一個字，十分重複，但是讀起來，卻不覺得呆板，反而予人節奏明快及生動活潑的感覺。由此可見，重複和變化在這裏得到了統一。著名建築學家梁思成在《千篇一律與千變萬化——音樂、繪畫、建築之間的通感》一文中說：「音樂是一種時間持續的藝術創作。我們往往可以聽到在一首歌曲或者樂曲從頭到尾持續的過程中，總有一些重複的樂句、樂段——或者完全相同，或者略有變化。作者通過這些重複而取得整首樂曲的統一性。」《詩經》中有許多民謠，都有重複現象，但卻首首生氣盎然，例如《詩經·衞風·河廣》：「誰謂河廣？一葦杭之。誰謂宋遠？跂予望之。誰謂河廣？曾不容刀。誰謂宋遠？曾不崇朝。」（誰說黃河寬廣？蘆葦編的筏可以渡河。誰說宋國遙遠？跂起腳便看得

見。誰說黃河寬廣？難容一隻小船。誰說宋國遙遠？走到宋國可以吃早餐。）

【小練習】

　　試找找哪些古代詩、詞、散文同樣運用了重複句，然後評論一下這些作品重複的句子如何幫助表達主題。

眾芳搖落獨暄妍，佔盡風情向小園。
疏影橫斜水清淺，暗香浮動月黃昏。

北宋‧林逋《山園小梅》（二首其一）

【譯注】
　　梅花在百花凋零的嚴冬迎着寒風昂然開放，那明媚的景色把小園的風采佔盡了。疏疏落落的枝葉影子東橫西斜地倒映在清淺的水底，清清幽幽，似有還無的香氣，飄散在那朦朧的月色中。

- 眾芳：繁花、各種花卉。
- 暄妍：明媚豔麗。
- 疏影：梅花是先開花再長葉的，枝葉不茂密，因而其影子較稀疏，故曰疏影。

【名句賞析】

　　林逋（967－1028 年），宋代詩人，錢塘（今浙江杭州）人。他一生都在西湖孤山隱居，不娶妻，與梅花和仙鶴作伴，人稱「梅妻鶴子」，可見他對梅花的喜愛。

　　詩人在詩的首二句直接抒發他對梅花由衷的讚賞，繁花都零落了，只有梅花還是那般嬌媚鮮妍，小園裏的風采都被它佔盡了。其中的「獨」、「盡」二字突出了梅花具體的生活環境，卓然不群的情操和令人傾倒的風韻，「佔盡風情」更突出了它無物可以比擬的天姿國色。梅花是詩人淡泊名利、不隨波逐流的性格的自我寫照。第三、四句正面描繪梅花的氣質和神韻：稀疏的枝葉影子東橫西斜地倒映在清澈低淺的水面，幽淡的香氣浮在黃昏迷濛的月光下。這兩句非常有名，它把梅花的美寫到極致，以至後人難以超越。

【點指技法】

　　「疏影橫斜水清淺，暗香浮動月黃昏」兩句，為什麼成為詠梅詩的絕唱呢？請注意「疏影」與「暗香」兩個關鍵詞，它們寫出梅花枝子稀疏的特點，又寫出香氣清幽的芬芳。「橫斜」描繪了枝子的生動姿態；「浮動」把不能看見只能嗅到的香氣形象化了，使人彷彿目睹香氣在浮動，在飄散。詩人更巧妙地把景物朦朧化，使之更富詩意。詩中不直接寫梅枝，而寫其影子，而此影子又是在清淺的水底顯現；至於香氣，是「暗」的，即隱隱的，似有若無，而且是置於黃昏暮靄薄紗的籠罩之下，呈現出一種朦朧美。正是這個朦朧化的鮮活的梅花意象，使得這兩句詩在詠梅詩中獨佔花魁，成為千古傳誦的名句。如把它和其他著名的詠梅詩相比，就可以看出其間的迥異之處，例如王

安石的《梅花》：「牆角數枝梅，凌寒獨自開。遙知不是雪，為有暗香來。」意為梅花冒着霜雪開放，香氣從遙遠的雪中傳來。詩中梅花堅強的形象是鮮明的，香氣也是清晰可觸摸的，卻獨缺「疏影」、「暗香」的朦朧美。

【小練習】

　　月光下，薄霧中的景物常具朦朧美，試寫一段文字表現這種意境。

東園岑寂，漸蒙籠暗碧；
靜繞珍叢底，成歎息。
長條故惹行客，似牽衣待話，
別情無極。殘英小、強簪巾幘。
終不似、一朵釵頭顫裊，向人敧側。

北宋·周邦彥《六醜·薔薇謝後作》

【譯注】

　　東園一片靜寂，漸漸地因草木蔥籠，四周顯得幽暗青碧。我默默地環繞着珍貴的薔薇花叢徘徊，不停地歎息。薔薇的長長枝條故意鈎住行人，牽住衣裳好像想和你傾訴衷腸，表現出無限的離情別意。撿起一朵殘花，勉強地把它插在頭巾上，但終究不像一朵盛開的花朵插在美人的金釵上那樣顫動，搖曳多姿，向人嬌媚地斜倚。

- 蒙籠暗碧：形容草木茂密，綠葉成蔭，四周顯出幽深的暗綠。蒙籠，指在樹蔭籠罩之下。
- 珍叢：珍貴的薔薇花叢。

- 故惹行客：是指薔薇有刺，鈎住行人的衣裳，好像和人話離情別意，所以說「故惹」。
- 簪：用來綰住頭髮的首飾，古時用以把帽子（或頭巾）別在頭髮上。
- 巾幘：古代的一種包頭巾。
- 釵：古代婦女髮髻上的一種首飾。
- 欹側：傾斜，歪倒一邊。

【名句賞析】

周邦彥（公元 1056－1121 年），北宋著名作家，詞作音律工整，寫景曲盡其妙，抒情細膩至深，有很高的藝術技巧，從《六醜》可以看出。名句出自《六醜》上闋。詞寫的是春去夏來，薔薇枯萎，詞人於是產生感觸。薔薇，落葉灌木，莖細長，蔓生，枝茂多刺，花色鮮豔。這是一首詠物詞，有濃厚的詠懷成分，作者借詠花寄託身世，抒發羈旅傷春的情思。詞的上闋寫春光將去，薔薇花凋謝，大自然像把它埋葬，只留下些微香澤。詞人把花被摧殘的慘烈情狀描述得淋漓盡致，表現出惜花之情。下闋寫花對人的依戀，先寫花兒凋落，花園岑寂，令人歎息，接着寫「牽衣待話」，是「花戀人」，「強簪巾幘」，寫「人惜花」，人和花的感情是雙向交流的。

【點指技法】

中國古典詩詞中傷春惜春的作品有很多，當中有不少都寫得動人真切。例如蘇軾的《水龍吟‧次韻章質夫楊花詞》（見頁 119），對於暮春楊花（柳絮）被風吹落，墜地飄零的悲慘情狀，作者寄與深切的

同情。當花飄落於池中化為一池粉碎的浮萍，三分的春色，二分化成塵土，一分隨水流去，詩人於是發出「細看來不是楊花，點點是離人淚」的慨歎。這種同情憐惜是單向的，《六醜》則不同，它寫出了人和花之間的情懷，人惜花，傷春；花也戀人，多情，讀起來倍感溫馨，因此「長條故惹行客，似牽衣待話，別情無極」才能如此扣人心弦，成為詠物詞的千古名句。

【小練習】

　　人有情，物亦有情，是雙向的。請創作一篇短文，從雙向角度描寫景物與人的互相交流。

燎沉香，消溽暑。
鳥雀呼晴，侵曉窺簷語。
葉上初陽乾宿雨。
水面清圓，一一風荷舉。

北宋‧周邦彥《蘇幕遮》

【譯注】

　　燃燒沉香，消除濕悶的暑氣。破曉時，雀鳥在屋簷間喃喃低語，歡呼雨止天晴。初升的曙光把葉子上的夜雨曬乾。水面上的荷葉清翠圓潤，微風吹過，圓圓的荷葉一張張挺舉起來。

- 沉香：植物名，瑞香科，其結香為著名薰香料。
- 溽暑：又濕又熱的盛夏暑氣。
- 侵曉：天濛濛亮的時候。

【名句賞析】

　　名句是《蘇幕遮》詞的上闋，其中以雨後風荷為中心，關鍵句是「葉上初陽乾宿雨，水面清圓，一一風荷舉」。此詞從室內燒沉香以消除夏天的濕熱寫起，然後寫室外吱吱喳喳的鳥鳴，使清晨氣氛雀躍起來；最後作者把鏡頭推得更遠，描寫更大的空間，大自然的景物一一呈現眼前：夜雨止息，曙光照耀，圓潤的荷葉，翠綠潔淨，有如洗滌過一般，隨着微風的吹拂，一張張挺舉舞動。詞的下闋抒發了作者周邦彥對荷花的美的喜愛，而且回憶起家鄉荷塘景色的懷念：「故鄉遙，何日去，家住吳門，久作長安旅，五月漁郎相憶否？小楫輕舟，夢入芙蓉浦。」（故鄉遙遠，不知道何時才能返回，家住蘇州，卻長期在長安滯留，江南水鄉的漁郎朋友還記得我嗎？我夢見自己駕着輕舟，進入故鄉的荷塘之中。）周邦彥是蘇州人，寫此詞時身在長安。下闋最後幾句，作者把情放入景中，聯成一片。

【點指技法】

　　中國詩詞中有許多詠荷的作品，但能給人留下難忘印象的句子不多，最著名的就是這闋的「葉上初陽乾宿雨，水面清圓，一一風荷舉」，有人認為它鮮活地表現出荷花的神韻，譽之為詠荷詩的絕唱。宋代詞人姜夔的《念奴嬌·鬧紅一舸》是著名的詠荷詩，詞中用「綠雲」形容大片綠色的荷葉，用「水佩風裳」形容荷花荷葉像玉佩羅衣在清風綠水中搖曳，描寫得很美，但形容不夠明晰，欠缺「水面清圓，一一風荷舉」的立體感。「舉」字是詩眼，使整個句子具有了生命力。名句之所以具有如此巨大的藝術效果，乃是作者能使用洗盡鉛華、高潔自然的語言傳神地表現出景物的特點。初學者常常以為寫景

時一定要用許多形容詞來鋪陳才能達到生動的目的，這是天大的誤會。描寫景物時最重要的是細心觀察，要把所描寫的景物有了與當初觀察時不同的面貌，然後才動筆自自然然描寫出來，萬萬不可重複別人的看法。再以另一荷花詩為例，清代詩人鄭珍《春盡日》筆下的荷花是這樣的：「綠荷扶夏出，嫩立如嬰兒。春風欲捨去，盡日抱之吹。」這比喻是不是展現了另一種嶄新的面貌呢？

【小練習】

　　試找幾篇不同作家撰寫相同景物（花朵樹木、城市風景皆可）的作品加以比較，然後自己深入觀察，發現景物的特徵，學習從不同的角度描寫它。

碧玉妝成一樹高，
萬條垂下綠絲縧。
不知細葉誰裁出，
二月春風似剪刀。

唐・賀知章《詠柳》

【譯注】

　　彷彿碧玉妝扮成的一棵高高的柳樹，無數纖秀的柳枝條像千萬條絲帶垂掛下來。這片細嫩的柳葉是誰巧裁出來的呢？是二月的春風像剪刀把柳葉裁剪出來的啊。

- 碧玉：青綠色的玉石，形容春天柳樹枝葉青翠碧綠的顏色。
- 妝：修飾、打扮。
- 一樹高：一棵高高的柳樹，高是形容詞，倒置應為「一高樹」。「一樹」亦可解作「滿樹」，「一」，全滿。
- 絲縧：用絲編成的帶子或繩子。
- 二月：指農曆二月，正是初春時節。

【名句賞析】

　　這幾句詠物詩形象而生動地描寫了早春二月楊柳枝葉形態的嬌

美，從而表現詩人熱愛大自然以及對春光的禮讚。楊柳是中國詩人經常描寫的對象，它的美在於那細長披拂的枝條。每當初春，它便會生長出嫩綠的新葉，絲絲低垂，在和風吹拂中，輕柔擺動，自有其他樹枝所不具備的綽約風姿。古代詩人常用纖細的柳枝比喻美女苗條的身材，用柳枝迎風擺動形容女性裊娜的腰肢。詩的前兩句描寫柳樹的形態和色澤。「碧玉」形容柳樹整體的翠綠蔥蘢，突出它的色澤美；第二句寫數不清的柳枝低垂像萬千條絲帶，突出形態的輕柔美。名句的最後兩句，先明知故問說不知道柳樹的枝葉形態色澤有如此魅力的原因，然後用巧妙的比喻自答說：它是由二月春風這個巧匠剪裁出來的。

【點指技法】

撰寫詠物的作品，不但要摹形，還要能傳神，使被吟詠之物形神兼備，形象生動，給人留下深刻的印象，獲得至高的藝術享受。為了達到這效果，詩人在短短四句詩中使用了多種藝術手法，主要用大量的修辭手法，其中的比喻、擬人混合使用為最。詩的首二句用「碧玉」比喻柳樹的顏色，用「綠絲縧」比喻下垂的柳條。末二句混合使用比喻和擬人法，把無形的二月春風比擬為手工精巧的裁縫，用剪刀裁剪出尖細的柳葉，因而成為千古名句。

【小練習】

綜合利用比喻、擬人、設問等修辭技巧描寫你身邊的一種景物，最好能做到形神兼備。

東城漸覺風光好，

　　縠皺波紋迎客棹。

綠楊煙外曉寒輕，

　　紅杏枝頭春意鬧。

北宋・宋祁《玉樓春》

【譯注】

　　漸漸覺得東城的風光越來越好，江上皺紗似的波紋正在迎接遠客的歸船。煙霧飄揚在楊柳周圍，清晨的寒氣輕微，而紅色杏花在枝頭上爭麗鬥艷，一片鬧哄哄的景象。

- 東城漸覺：倒裝句，應為「漸覺東城」，漸漸覺得東城，省略了主語。
- 縠皺：有皺的縠紗。縠，皺紗一類的絲織品，用以比喻水波之細如皺紗。
- 客棹：遊客的船隻。棹，本是划船用的長槳，此句借代為船，以部分代全體。

【名句賞析】

　　作者宋祁（公元 998－1061 年），字子京，安州安陸（今湖北安陸）人，曾任工部尚書（掌管百工水土政令的官員）。他的詞作語意工麗，描寫生動，這首詞以「紅杏枝頭春意鬧」聞名於世，故世稱「紅杏尚書」。名句是《玉樓春》的上闋，這幾句寫春天絢麗的景色。首句的關鍵詞是「好」，好字先從「東城風光」作籠統的說明，其中「漸」字寫出春天的腳步悄悄走近。第二至四句依次道出「好」的具體表現：微風在江面吹起皺紗似的波紋，遊客在水上盪舟，十分寫意。旁邊楊柳柔枝款擺，婆娑多姿，輕煙縹緲。初春天氣乍暖還寒，而寒意微漾，在一片嫩綠中突然露出如雲似霞的萬千紅杏。然後詩人把大地的一切春色，用一個「鬧」字，以特寫鏡頭把它們集中到「紅杏枝頭」上，使人感到春天是如此斑斕明媚，生氣蓬勃，充滿生命力。

【點指技法】

　　「紅杏枝頭春意鬧」是寫春天的名句，宋祁也因此得了「紅杏尚書」的美譽，並因此留名詞史。這句詞的藝術技巧在於巧妙地使用了「通感」修辭手法，何謂「通感」？人的感官各有所司：眼司顏色形狀，耳司聲音，舌司味覺，鼻司嗅覺，身（皮膚）司溫度觸覺；但在具體感覺經驗中，各種感覺器官又彼此互通，例如顏色是屬於視覺的，我們卻常說顏色有冷暖之分，以白、藍、綠為冷色，紅、橙、黃為暖色，這些都屬於感覺的範圍。在名句中，「鬧」字不但形容杏花紅得火熱，更重要的是形容其花之繁盛，「鬧」字把事物無聲的姿態說成有聲的波動，彷彿「在視覺裏獲得了聽覺的感受」（錢鍾書《通感》）。

【小練習】

　　在文學創作中，人的感覺是可以互通的，試利用通感的藝術手法描寫幾個景物。

不恨此花飛盡，恨西園、落紅難綴。
曉來雨過，遺蹤何在？一池萍碎。
春色三分，二分塵土，一分流水。
細看來，不是楊花，點點是離人淚。

北宋・蘇軾《水龍吟・次韻章質夫楊花詞》

【譯注】

　　不怨恨楊花凋謝飄盡，卻怨恨西園滿地落花難以再綴上枝頭。清晨剛剛灑過一場大雨，落花的遺蹤哪裏去了？只化作一池破碎的浮萍罷了。春天的景色可分而為三，二分歸於塵土，一分隨着流水而去。細細看來，那不是楊花，點點飄絮都是離人的眼淚。

- 西園：泛指一般的花園。
- 萍碎：碾碎的浮萍，蘇軾自注曰：「楊花落水為浮萍，驗之信然。」又在另一首詩中自注曰：「飛絮落水中，經宿即為浮萍。」此說法並不正確，可能是柳絮飄落水面，其狀似浮萍所致。

【名句賞析】

凡是和人的詩詞，依照原作的腳韻，叫「次韻」。這首詞就是蘇軾和好友章質夫的《水龍吟》詠楊花詞，名句蘇軾詠楊花（柳絮）詞的下闋。上闋作者描繪楊花紛紛飄墜，表示了無限憐惜之情。詞中説楊花「似花還似非花」（像花又好像不是花），因為柳絮徒有花形，而無花的美色和香味，所以無人憐惜，任憑它凋零墜地；又説它「拋家傍路」（離開枝頭掉落路邊），將其擬人化，柳枝受損，備受摧殘，它們看似無情卻含有深厚情思（「無情有思」），離開枝頭後仍然思念遠方的情郎。想在夢中尋回情郎，但卻被黃鶯喚醒（「尋郎去處，又還被、鶯呼起。」）

下闋承接「尋郎」，思婦慨歎春天消逝，飄墜的楊花不再綴在枝頭上。春色可以分成三個部分，其二化成塵土，其一隨流水流得無影無蹤，在她眼中，到處飄飛的不是楊花，而是點點滴滴離人的眼淚。

【點指技法】

這是一首詠物詞，詞中把詠物與擬人渾成一體，透過豐富的想像和擬人的手法，把詠物和寫人結合起來，借楊花的命運抒發了不幸飄零淪落者的惋歎。其中也寄託了詞人對自己坎坷身世之感。這首詞主要使用了擬人法，擬人法經常被運用於景物描寫中，例如杜甫《春望》：「感時花濺淚，恨別鳥驚心」（感傷時局兵荒馬亂，花兒為之傷心掉淚，鳥兒也為之驚心傷悲）。本詞全篇使用了擬人法，詞中以楊花比喻思婦，詞的首句就説楊花「似花還似非花」，「非花」就是指其精神實質不是「花」，而是人，即「思婦」，所以接着説「依家傍路」，

指離開枝頭（家），墜落在土路上。後來更進一步說「思婦」思念並夢見情郎，最後以「細看來，不是楊花，點點是離人淚」結束，與首句的「似花還似非花」相呼應。至此，是花，是人，已經分不清楚了，二者已合而為一了。

【小練習】

　　試把某種景物的命運和某種人的命運結合起來，並運用以物喻人及擬人法，寫一段文字。

裁剪冰綃，輕疊數重，淡着胭脂勻注。
新樣靚妝，豔溢香融，羞殺蕊珠宮女。
易得飄零，更多少無情風雨。
愁苦，問院落淒涼，幾番春暮？

北宋·趙佶《燕山亭·北行見杏花》

【譯注】

（朵朵杏花）像雪白的薄綢經過巧手精心裁剪而成，那輕輕重疊的花瓣，均勻地塗抹上淡淡的胭脂。新穎別緻的裝扮，光彩四射，香氣散發，連天上仙女都自愧不如。花兒本來就容易凋謝飄零，它更抵不過那麼多風風雨雨的摧殘。多麼悲愁苦悶啊！借問冷清淒涼的庭院，曾經遭受幾番暮春？

- 冰綃：冰雪般潔白的薄綢。綃，用生絲織成的薄綢。
- 淡着：淡淡地施上。
- 勻注：均勻地塗抹。
- 靚妝：粉黛（撲臉的脂粉和畫眉的青黑色顏料）裝飾。

- 蕊珠宮女：指仙女。蕊珠，道教經典中的仙宮的名稱。
- 易得：容易。

【名句賞析】

　　作者趙佶（公元 1082－1135 年），即宋徽宗，在位 25 年，因昏庸奢侈而失國。公元 1127 年，金兵攻陷汴京（今河南開封），宋徽宗和兒子欽宗趙桓連同一大批皇子、皇孫、妃嬪、宮女全部被俘虜押送到北方五國城（今黑龍江依蘭），宋徽宗過了九年的囚徒生活而死。在北行途中，他見到杏花開得如火如荼，於是聯繫身世，百感交集，寫下這首詞。也有說這是他的絕筆，雖題曰「北行」，卻並非北行途中所作。從詞中內容看，應該是被囚幾年後追懷之作，是他最悲慘遭遇的實錄，有評論說這是一首「血書」，此言不虛。

　　名句是詞的上闋，寫杏花的形態、色彩和芳香，表現其燦爛開放時的耀眼景象，接着寫杏花遭到風吹雨打後的慘淡情景，並以它的凋零象徵自己被蹂躪的命運，不僅寫花，而且寫人，從中抒發內心的淒苦。

【點指技法】

　　名句運用了「工筆」的技法來描繪杏花。「工筆」本指國畫的一種繪畫技巧，指用極細膩的筆觸對人物、事物進行描繪。這種筆法特別注重細節的描畫，力求做到形神俱肖。借用到寫作上，工筆細繪主要指對所表現的對象進行精雕細琢的刻畫，特別注重細節的描寫，如名句對杏花的描寫便相當細緻。首三句近寫、細寫杏花，具體形容一朵朵杏花的形態和色彩：重重花瓣像經過巧手裁剪出來，雪白似縑綢，

並且勻稱地染上胭脂。「新樣」三句，先以杏花比擬裝扮時尚、粉黛勻施的美人，光彩照人，香氣四溢，連天仙都遠遠不如。「羞殺」句進一步襯托杏花蘊含着不同風格的美，展現杏花盛開時奪目的景象。

【小練習】

　　試選擇一種你十分熟悉的事物，細心觀察，再用「工筆」予以描繪，字數約 300 字左右。

京口瓜洲一水間，
鍾山只隔數重山。
春風又綠江南岸，
明月何時照我還？

北宋·王安石《泊船瓜洲》

【譯注】

　　京口和瓜洲不過是一水之遙，鍾山也只隔着幾重山峰。春風又吹綠了江南兩岸，明月什麼時候才能照着我返回故鄉呢？

- 京口：在長江南岸，今江蘇鎮江。
- 瓜洲：在長江北岸，今江蘇揚州南，和京口相對。
- 一水：一條江流。水，指長江。「一」和「水」之間省略了量詞「條」。
- 數重：幾座。
- 綠：形容詞作動詞用，有「吹綠」的意思。

【名句賞析】

　　王安石雖然是江西臨川人，但於宋仁宗景佑四年（公元 1037 年）隨父王益定居江寧（今江蘇南京），其間除了兩次有幾年到京城作官外，其餘時間都在江寧生活。因此，王安石對江寧懷有深厚的感情，並把它當作自己的家鄉，這點在名句中表現得非常明顯，讀時須特別注意。王安石於宋神宗熙寧八年（公元 1075 年）二月再度拜相（首度拜相為熙寧二年，即公元 1070 年），奉詔入汴京（今河南開封）。於赴京途中，路經瓜洲泊船，於是寫下此詩，表現對江南特別是金陵的自然景物的緬懷依戀之情。

　　讀這首詩時，首先要注意詩人寫景的立足點，從詩題《泊船瓜洲》可見，他是從長江北岸瓜洲渡口望向長江南岸的。首句的「京口瓜洲一水間」說明南岸的京口和北岸的「瓜洲」距離十分近，中間只隔了一條長江水。不僅如此，「鍾山只隔數重山」，連自己居住地的鍾山（金陵）也近在咫尺。詩人已渡過長江，北上進京，接受宰相之職，照理他應該是把目光投向北方，嚮往着那雄偉壯麗的中原景色；然而詩人卻在末二句中抒發了自己對和煦春風吹綠了江南兩岸美景的深切愛意，以及別離時的無限依戀，還憧憬日後有像今晚的明月陪伴遊子返回家鄉。未曾離別，已經想着回來，說明江南的山水草木已經融入詩人的血液中。

【點指技法】

　　這首詩最著名的一句是「春風又綠江南岸」，當中最為人津津樂道的是句中「綠」字的用法。據清人洪邁《容齋隨筆》記載，有人藏有這首詩的原稿，初寫時是「又到江南岸」，王安石自己圈去「到」

字，注曰：「不好」，繼而改為「過」；又圈去，再改為「入」、「滿」等，這樣一共改了十幾個字，最後才定為「綠」字，可見此字是經千錘百鍊才定下來的。有人說選「綠」字的好處是它把形容詞作動詞用，使之具有使動意義。這種說法有一定道理，但不是全部。因為這種用法不是自王安石始，唐詩中已有「春風何時至，已綠湖上山」，宋詞中也有「紅了櫻桃，綠了芭蕉」之句，但並沒給人留下深刻的印象。這是因為它在句中展現了無限廣闊的視境，在春風拂煦下，大地一片碧綠，綠的草、綠的樹、綠的禾苗，都像電影快速鏡頭在眼前飛過。

【小練習】

　　你能找到一個更好的字詞來代替「綠」字嗎？試寫出其代替字詞，並比較其優劣。

小樓一夜聽春雨，
　　深巷明朝賣杏花。
矮紙斜行閒作草，
　　晴窗細乳戲分茶。

南宋‧陸游《臨安春雨初霽》

【譯注】

　　在小樓中聽了整夜淅淅瀝瀝的春雨，第二天清晨狹長的街巷裏有杏花的叫賣聲。找幾張短紙歪歪斜斜地寫草書消磨閒暇時光，明亮的窗戶下慢慢地分茶，細細品嚐浮着泡沫的茶葉的芬芳。

- 矮紙：短紙。
- 斜行：歪歪斜斜的字。
- 閒作草：閒暇時寫草書（消磨時光）。
- 細乳：煮茶時水面浮起的細微白色泡沫。宋人喝茶不用開水沖，而是煮。

- 分茶：宋元時茶道之一，是一種相當講究的喝茶方法。在茶上注湯後，用筷子攪茶乳，使水波紋幻變成種種形狀。

【名句賞析】

作者陸游（公元 1125－1210 年），字務觀，號放翁，越州山陰（今浙江紹興）人，南宋愛國詩人。早年立志抗金，力主收復中原，曾投身軍旅生活，一直受統治集團排擠，一生曾被貶黜兩次。不過，他報國的信念至死不渝，這首《臨安春雨初霽》寫於宋孝宗淳熙十三年（公元 1186 年）。這一年春天，陸游被起用為嚴州（今浙江建德）知府，赴任之前先到臨安（今浙江杭州）觀見皇帝，住在西湖畔的客棧裏聽候召見。這年他已經 62 歲，想到自己一直不被重用，這次受召，也不抱什麼希望，在百無聊賴中寫下了這首詩。寫作的靈感來自一天春雨停止、天氣清朗的清晨。名句引自詩的第三至六句，首二句「世味年來薄似紗，誰令騎馬客京華」，先交代自己處於人情澆薄似紗的世道，他曾身受傾軋及世態炎涼之苦，這次來京城是不得已的。等待召見無日，在此期間，高官聚集，瀰漫着腐敗氣味的臨安城令陸游窒息，於是有「小樓一夜聽春雨，深巷明朝賣杏花」的名句出現。在一片烏煙瘴氣中，大自然給他帶來了清新的空氣，在夜晚萬籟俱寂之時，淅淅瀝瀝的春雨，像甘泉一滴一滴地點在乾涸的心頭，又像是在為自己傾訴心中無限的鬱悶。至於那「深巷明朝賣杏花」的聲音如此清新輕脆，比起官場那些諂媚構陷、被污染了的語言，顯得格外樸素自然，像天籟般的純淨。「矮紙斜行閒作草，晴窗細乳戲分茶」，除了表現詩人待召時百無聊賴，以書法飲茶消磨時光，亦反映詩人對齷齪現實的憎厭。

【點指技法】

　　「小樓一夜聽春雨，深巷明朝賣杏花」是傳誦一時的名句，全詩因此二句而聞名。據說它傳到宮中，宋孝宗十分讚賞。這兩句表現了絲絲春雨和淅淅雨聲構成的意境，在清晨晴空曙光照耀下，幽深街巷中，傳出手捧一束束豔麗杏花小販的一聲聲清脆叫賣聲，這些聽覺描寫構成了一幅充滿生活氣息的春光圖，它典型地映現出江南二月都市的迷人景觀，「杏花、春雨、江南」（文虞集《風入松》詞）就是從陸游的名句中演化出來的，它已成為江南具有標誌性的美景，可見寫景一定要寫出其特徵才有吸引力。

【小練習】

　　試用聽覺描寫刻畫某次風雨中有特徵性的景象，字數不限。

衾枕昧節候，褰開暫窺臨。
傾耳聆波瀾，舉目眺嶇嶔。
初景革緒風，新陽改故陰。
池塘生春草，園柳變鳴禽。

南朝宋·謝靈運《登池上樓》

【譯注】

　　臥病衾枕之間，不知道季節的變化，撩起衣裳暫且登樓窺望外界的景物。仔細傾聽海上波濤的洶湧，抬眼遠眺險峻的山峰。初春的陽光驅走了冬季殘留的寒風，新春消除了以往冬日的陰冷。水池的堤岸生長出嫩草，園子中柳樹上的鳥兒也變換了鳴叫聲。

- 衾枕：被子和枕頭、臥具，指代詩人臥病的地方——即牀鋪。
- 昧：昏暗不明，引申為不明白，分不清楚。
- 褰開：撩起衣裳，也可解作揭開窗戶帷幕。
- 窺臨：登臨窺望，詞語倒置。
- 嶇嶔：形容山勢峻險。

- 初景：初春的太陽。景，太陽。
- 革緒風：驅除冬天寒風殘留下來的餘威。革，驅除、消除。緒風，冬天殘留的風。
- 新陽：新春。
- 故陰：舊日陰冷的冬天。

【名句賞析】

　　作者謝靈運（公元 385－433 年），南朝宋陳郡陽夏（今河南太康）人，東晉名將謝玄之孫，襲封「康樂公」，故世稱「謝康樂」。他一生喜愛山水，經常率眾漫遊，為了方便登山，他還穿上一種有齒的木屐，上山時去掉前齒，下山時去掉後齒，後來被命名為「謝公屐」（李白登天姥山時曾着此屐）。他雖然是河南人，但自幼寄養會稽（今浙江紹興），後來又曾在永嘉（今浙江溫州）、臨川（今江西臨川）任官，所以會稽、永嘉、廬山的山水經常在他的詩作中出現。謝氏是我國山水詩的開創者，他善於以清麗的語言刻畫自然景物，表現出山水中蘊含的自然美，予人以清新脫俗之感，例如所引名句中的「池塘生春草，園柳變鳴禽」，出自謝靈運《登池上樓》，這首詩寫於南朝宋武帝永初二年（公元 422 年），那時東晉已亡，劉裕稱帝，謝氏未被重用。他在任上長期臥病在牀，這天詩人抱病起牀登臨池上樓，遙望周圍景色頗有感觸，於是寫下此詩。

　　名句首句寫詩人沉疴臥牀日久，不知節序更換，仍以為外界是寒風凜冽，草木枯萎，怎知他登上高樓，拉開簾帷，臨窗眺望，聽到的是海上洶湧的波濤聲，看到的是平原盡處險峻的高山，初春和煦的陽光趕走了冬寒的餘威。舊的冬日過去了，換來新的春天，只見池塘畔

綠草芊芊，乾枯的柳樹已經綠葉榮發，禽鳥鳴囀於柳浪之間。多麼美麗的春天！

【點指技法】

「池塘生春草，園柳變鳴禽」，這所以成為名句，乃是因為它創造了生意盎然的意境。一般而言，景物須經過文學家的心靈三稜鏡的折射，或思想感情的交融而映現出來，才能成為意境。在詩中，詩人拖着病體登池上樓，看到滿園春色，如死水般枯寂的心海便復活了，他產生了遍野的青草都長滿了池塘，園柳變成了鳴禽，關關之聲不絕於耳的錯覺。這種錯覺的產生是由於鳥兒深藏於茂密的綠葉叢中，詩人在意外欣喜之時無暇細辨鳴聲來源，於是依着鳴聲的方向以為周圍的林木就是在齊聲歌唱春天的鳴禽，其節拍和他心弦奏出的律動是一致的。

【小練習】

外界事物千變萬化，而且是瞬息萬變的，我們對接觸到的事物有時不免會發生錯覺，如名句所描寫的，試參考名句重寫自己的類似經歷。

自在飛花輕似夢，
　　無邊絲雨細如愁。

北宋・秦觀《浣溪沙》

【譯注】

　　落花自由自在地飛揚，輕盈宛若春夢；絲雨無邊無際地飄灑，細密猶如愁緒。

- 飛花：指楊花，即柳絮，柳樹的種子上白色毛狀物，成熟後隨風飛散。
- 絲雨：像絲一樣細的小雨。

【名句賞析】

　　作者秦觀（公元 1049－1100 年），北宋詞人。名句出自他的詞作《浣溪沙》的下闋首二句。上闋云：「漠漠輕寒上小樓，曉陰無

賴似窮秋,淡煙流水畫屏幽」。《浣溪沙》全詞透過閣樓內外景物的描寫揭示古代婦女苦悶和哀愁的心態。上闋寫出室內微微的寒氣無聲侵入,瀰漫全室。清曉的天氣陰陰沉沉有如深秋時節,更使人覺得百無聊賴。陪伴自己的只是畫有清淡煙雲、涓涓流水的幽深景色的畫屏。下闋「自在飛花輕似夢,無邊絲雨細如愁,寶簾閒掛小銀鈎」,描寫角度從室內轉向室外。首二句寫室外落花紛飛,細雨霏霏,以「夢」比喻飛花的輕盈,「輕」字道出夢的飄忽;以「愁」比喻絲雨的細密,「細」字道出「愁」的綿綿。第三句寫珠簾輕閒地掛在銀鈎上,進一步刻畫內心的落寞,使全詞沉浸在一種對生活毫無樂趣的慵懶氣氛中。

【點指技法】

名句曾被梁啟超稱為「奇語」,說明它在表現手法上確有獨特之處。從字面看,名句描繪了花兒在風中自由自在飛落,身子輕飄飄得如夢般的來來去去,無邊無涯的毛毛雨在室外揮灑,其形體細得如愁緒一樣。「夢」和「愁」本來都是無形、抽象的,無所謂輕重、粗細,但是在作品中用上了「輕」和「細」來形容,令內容變得更豐富,其想像空間也更為廣闊了。把「夢」和「輕」聯繫起來,可使人聯想到夢來去無蹤的悠悠,以及使人有繁華似春夢的短暫、轉瞬飄逝之感;後一句將「愁」和「細」連接起來,使人感到這漫天的雨絲就是主人公內心中的無盡愁絲,在空際交織着,形成一片迷濛。名句所寫的景象:「飛花」和「夢」、「絲雨」和「愁」,一個具體,一個抽象,二者本來是不可類比的,但作者卻說「飛花」「輕」似「夢」,「絲雨」「細」如「愁」,這樣做未免有乖常理,但卻使二者自然地聯繫起來,

並且融合無間，產生良好的藝術效果，充分顯示了詞人非凡的寫作技巧。

【小練習】

　　試模仿名句寫一個用抽象思緒與具體事物相類比的句子。

應憐屐齒印蒼苔，
小叩柴扉久不開。
春色滿園關不住，
一枝紅杏出牆來。

南宋·葉紹翁《遊園不值》

【譯注】

　　大概是園子的主人愛惜青苔，怕我那帶齒的木頭鞋在上面留下腳印，輕輕地敲着柴門，久久沒有人來開。滿園的春光是關不住的，一枝紅色的杏花悄悄地伸出牆頭來。

- 應：大概，可能。
- 憐：愛憐、愛惜。
- 屐齒：木頭鞋底的齒棱。屐，古代一種木頭鞋子，齒棱是為了防滑。
- 蒼苔：青苔，潮濕不見陽光的地面生長的綠衣，屬苔蘚植物。

- 柴扉：柴木（材質低劣的木頭）做的門，說明這是貧窮人家，
  主人可能是隱居人士。

【名句賞析】

　　作者葉紹翁，公元 1224 年在世，浙江龍泉人，南宋詩人，擅長寫七言絕句，《遊園不值》是他的代表作，題意是說他本想遊園，但沒有遇到主人，沒法進園遊賞。古代的「遊園」是指遊私人花園，和後世的公園不同。唐宋時期，許多官僚地主和名人雅士都有園林，其中修建池台，栽種花木。例如北宋詩人蘇舜欽在蘇州修建的滄浪亭，南宋詩人陸游到過的紹興沈園。這首詩寫詩人在春日的某一天去遊園，園主人也許是他的朋友，大概是由於主人擔心來客的屐齒會踩壞長滿青翠苔蘚的路徑，所以詩人來到幽靜的園門前，輕輕地敲了半天門也未得到主人的回應。詩人不禁騁目張望，忽然看到有一枝嬌豔的紅杏從牆頭伸到外面，由此可以聯想到園裏一定是一派畫意盎然，萬紫千紅、百花怒放、爭奇鬥妍的景象。詩中用一枝擬人化了的紅杏伸出牆頭代表燦爛的春色，蘊含着豐富而深刻的內涵。「滿園春色」與「一枝紅杏」二句相互對應，相互映襯，不僅表現出春光的無限，還揭示了春天中的萬物都是那麼生氣蓬勃，生命力都是那麼旺盛，任何外力均無法抑制，進一步給人以啟迪：春光是關不住的，美好理想的實現也是阻擋不了的。

【點指技法】

　　名句脫胎自南宋詩人陸游的《馬上作》：「平橋小陌雨初收，淡日穿雲翠靄浮，柳樹不遮春色斷，一枝紅杏出牆頭。」陸游在春天某日

騎馬出遊，看到初春美景不禁吟詩抒情。詩中寫雨過天晴，詩人騎馬經過平直的橋面、田間的小路，仰望天空，看見淡淡的日光穿過雲層和飄浮的霧靄。當詩人欣賞那淡黃嫩綠的楊柳時，在千萬縷柳絲迎風婆娑的空隙間，突然閃現一枝從牆頭伸出的嬌豔的紅色杏花，綠柳與紅杏互相映襯，組成一幅明媚的春光圖。《遊園不值》的第四句分明是從《馬上作》脫胎而來，但由於寫作背景不同，寫法自然有異。陸詩由大景而小景，先寫所見景物，如平橋小陌、淡日、翠靄、楊柳等，然後突現「一枝紅杏」；葉詩則用小景寓大景，先把大地春色集中於園子中，強調春色滿園，而且滿到關不住的地步，具體表現在「一枝紅杏出牆來」。先用「關不住」作前呼，再用「出牆來」作後應，給人無限的幻想空間，揭示了人世間的新生力量，美好理想的成長是不可阻擋的。這就是名句具有永恆生命力的原因。

【小練習】

　　試學習《遊園不值》以小見大的寫作手法描寫風景，可以使用擬人化技巧。

驛外斷橋邊，寂寞開無主，
已是黃昏獨自愁，更著風和雨。

無意苦爭春，一任群芳妒，
零落成泥碾作塵，只有香如故。

南宋・陸游《卜算子・詠梅》

【譯注】

　　驛站外斷橋旁邊，梅花寂寞地開放，沒有人欣賞。已經是在黃昏裏獨自被愁恨所包圍，更加上風吹雨打的摧殘。梅花無意在春天費盡心思與百花爭艷鬥寵，任憑眾花猜忌與妒恨。即使凋零脫落變成泥土，碾碎成為塵埃，梅花依然如舊時一樣散發着芳香。

- 驛外：驛站外面。驛站，古代供傳遞官府文書的人中途換馬或歇宿的處所。
- 斷橋：已經廢置的橋。
- 更著：更加受到。著，值、遇。

- 無主：沒有人看，或沒有人過問、欣賞。
- 苦：苦苦地，費盡心思地。
- 一任：完全聽憑。「一」作狀語「完全」解。
- 群芳：繁花。
- 碾：把東西軋碎、壓平或使糧食去皮所用的工具。後來泛指研磨東西的工具。

【名句賞析】

　　陸游一生以驅除金虜、恢復失地、統一中國為最大願望，但是投降派一味忍辱求和，陸游備受排擠，甚至被罷官，這首詞就是在這種惡劣的環境下寫成的。這是一首詠梅詞，但與許多描繪梅花之美的作品不同，例如著名的林逋的《山園小梅》「疏影橫斜水清淺，暗香浮動月黃昏」（頁 105），寫梅花姿態的美，香味的清幽淡遠。林逋筆下的梅花生長在舒適的山園裏，受清淺的池水滋潤；而陸游筆下的梅花呢？上闋寫梅花身處的環境惡劣：郊外驛站的斷橋邊，沒有人看管，更沒有人欣賞，只好孤獨寂寞地綻放着，尤其是在日暮黃昏的時候，已是愁腸百結，再加上淒風苦雨的蹂躪，更是難以承受。以上文字，表面上是寫梅花，實際上是在抒發詞人內心的苦悶。下闋寫梅花雖在春天到來之前已經開花了，但是它「無意苦爭春」，無意與其他春天盛開的繁花爭艷鬥寵，即使遭到眾芳嫉妒（議和派、投降派的妒恨排擠），它都默默地承受着，默默地開放，默默地凋落。當花瓣掉落在地上，被踐踏成泥土，被碾磨成塵埃，但它的清香卻依然存留在人間。「清香」指的是梅花的精神品格，這種精神品格十分堅韌，充滿了不可動搖的自信。

【點指技法】

　　這首詞使用了「託物喻志」的表現手法。中國南朝梁文學理論家鍾嶸在《詩品序》中說:「文已盡而意有餘,興也;因物喻志,比也。」所以託物喻志,有兩個特點:一是語言要委婉含蓄,不能直露;二是作品中要寄寓具有現實意義和社會性的主題。《卜算子》就有這一特點,詩人透過詠梅自抒懷抱,寄託他想收復失土的願望,但卻遭受投降派的嫉恨打擊,以致粉身碎骨。讀者很難分清何者是陸游,何者是梅花,因他們已合二為一了。

【小練習】

　　試用託物喻志的手法描寫一個景物,注意:必須有現實性,而且要委婉含蓄。

第四章

建築詩意篇

月落烏啼霜滿天，
江楓漁火對愁眠。
姑蘇城外寒山寺，
夜半鐘聲到客船。

唐・張繼《楓橋夜泊》

【譯注】

　　月亮墜落，烏鴉啼叫，寒霜滿天。面對江邊紅艷的楓樹，江中點點的漁火，滿懷的愁緒使我輾轉難以入眠。夜半時分，姑蘇城外寒山寺敲打的鐘聲，悠悠蕩蕩地飄到客船上來。

- 江楓：有二解，一為江邊的楓樹，一指江樹橋及楓橋。江樹橋，在寒山寺大門西側。楓橋，在今江蘇蘇州閶門外。兩座橋均為單孔石拱橋。
- 愁眠：懷着旅愁，即難以入眠。

- 姑蘇：蘇州市的別稱，因城西南有姑蘇山而得名。
- 寒山寺：在楓橋附近，蘇州名勝之一，因唐初一個叫寒山的詩僧在此住持而得名。
- 夜半鐘聲：當時僧寺有夜半敲鐘的習慣，也稱「無常鐘」。

【名句賞析】

張繼是中唐詩人，襄州（今湖北襄陽）人，此詩是他羈旅蘇州時所寫的。詩中描繪詩人夜泊楓橋周圍淒清的環境，表現了他在旅途中孤獨寂寞的思鄉愁緒。全詩句句都在寫景，「月落烏啼霜滿天」顯示當時是秋季，時間在深夜，月亮即將西沉，黑暗驚動烏鴉啼叫，深夜侵肌砭骨的寒意，從四面八方圍向夜泊的小舟，使他感到身處茫茫夜氣中，滿天寒霜。首句寫了月落所見、烏啼所聞、霜天所感的遠景之後，次句將鏡頭對準近景，寫眼前江邊的楓樹和江上的漁火。這些景色引起了他的愁緒，使他難以入眠。末二句寫在輾轉無眠之際、萬籟俱寂之時，寒山寺內夜半敲響的鐘聲悠悠傳來，響音一聲聲敲打在詩人的心坎上，更撩起他對故鄉的無盡思念。

【點指技法】

以幾個意象並列有層次地描繪景色，並以此抒發詩中主角的心緒，乃在中國詩中經常使用的手法。最著名的有元散曲馬致遠的《天淨沙·秋思》（頁46）。曲中「枯藤老樹昏鴉」表現出「斷腸人在天涯」的漂泊者心境，而「月落烏啼霜滿天」則表現了遊子孤寂的感覺。所謂「意象並列」，是把一個視覺形象複疊在另一個視覺形象之上，其間從表面看不出有任何聯繫，而是讓意象本身去說明一切，使讀者主

動地展開想像的羽翼，探索意象之間的內在聯繫。「月落」、「烏啼」、「霜滿天」三個孤立的意象，就是透過聯想和想像，把三者用視覺、聽覺和感覺聯繫起來，構成一幅層次分明、浸濡着羈旅者鄉愁的幽寂清冷水鄉圖。

【小練習】

　　試選一條你熟悉的街道為描寫背景，撰寫一個意象並列的段落，最好能以聽覺、感覺等貫串之。

石頭城上，望天低吳楚，眼空無物。
指點六朝形勝地，唯有青山如壁。
蔽日旌旗，連雲檣櫓，白骨紛如雪。
一江南北，消磨多少豪傑。

元・薩都剌《念奴嬌・登石頭城》

【譯注】

　　登上石頭城，高瞻遠眺，只見天幕低垂，吳楚都籠罩在暮靄之中，眼前一片空曠蒼茫。指看六朝時期優美壯麗的河山，繁榮豪華的景象，如今只剩下青山依舊峭壁一般屹立在眼前。想像當年群雄爭霸，戰旗遮蔽日光，戰船密集如相連的雲彩，結果是陣亡的將士白骨橫陳似雪。長江南北這塊土地上，有多少英雄豪傑曾在此出生入死，奮戰終身？

- 石頭城：即六朝古都金陵城，在今江蘇南京西清涼山上，唐以前其城背山面江（長江），控制扼守江險，南臨秦淮河口，形勢險固。
- 吳楚：春秋戰國時的吳國、楚國的地域，今江蘇、浙江、湖北、河南、安徽一帶。

- 六朝：三國吳、東晉、南朝的宋、齊、梁、陳，都以建康（古名金陵，吳名建業，今江蘇南京）為首都，合稱六朝。

【名句賞析】

　　這首詞的作者是元朝詩人薩都剌，先世為西域回回族人，祖父時移居雁門（今山西代縣）。此詞描述作者登臨石頭城的所見所聞，抒發了古今滄海桑田變化的感受，是一首懷古詩詞的佳作。詞的首三句即抓住題旨，寫登上石頭城俯視暮靄籠罩下的吳楚遼闊大地，聯想到滄海桑田的變遷，蒼涼之感不由得從心中生起。第四、五句寫六代君主所建造的美輪美奐、金碧輝煌的金陵盛景都消逝了，只剩下青山如峭壁般屹立在那裏。第六、七、八句，詩人轉入對古戰場慘烈戰鬥場面的想像，先是旌旗蔽日，戰船如雲，結果是白骨遍野。石頭城見證了古往今來鏖戰的場景。末二句緊接「白骨紛如雪」，抒發詩人的無限感慨，那些曾經在大江南北馳騁、建立過豐功偉業的英雄豪傑，「俱往矣」，都隨時光消逝了，一切只是一場空。

【點指技法】

　　要讀懂一篇文學作品，應當學會梳理作品的結構和思路。所謂「思路」，是按照一定的條理由此及彼表達思想的路徑、脈絡。這個路徑和脈絡實際是一個連貫有條理的思維過程。這個思維過程要求圍繞一個中心點，沿着一個中心線索，把要表達的思想內容組成一個嚴密的整體。貫串着這首詞的中心線索是作者登臨石頭城，想像金陵的歷史滄桑，曾經的豪奢繁榮隨着時間的風吹雨打，都消逝得無影無蹤。詞的一開始就揭示了這一中心點：「眼空無物」，眼前一片空曠，空空

如也。這個「空」，即是《紅樓夢·飛鳥各投林》中所說的「落了片白茫茫大地真乾淨」。名句的後七句也都被這一思想籠罩着，此思想甚至貫串了詞的下闋。

【小練習】

　　試用 300 字環繞一個中心點，沿着這個中心線索層次清楚地描寫心目中的景物。

朝辭白帝彩雲間，千里江陵一日還。
兩岸猿聲啼不住，輕舟已過萬重山。

唐・李白《早發白帝城》

【譯注】

　　清晨辭別彩霞繚繞的白帝城，船航行了一天，遠在千里外的江陵城就到達了。只聽見三峽兩岸山間的猿猴不停地啼叫，輕快的小舟不知不覺已穿過層層疊疊的青山。

- 白帝：城市名，故址在今四川奉節東山上，地勢高峻，所以說它矗立在彩雲間。「白帝彩雲間」是倒置結構，「彩雲間」是「白帝」的修飾語，應該置於「白帝」之前，這種現象在古文中很常見。

- 江陵：今湖北江陵，從白帝城到江陵約一千二百里，詩中所說千里是指其整數。

【名句賞析】

　　這首詩寫於唐肅宗乾元二年（公元 759 年）。757 年，李白因永王李璘謀反而牽連獲罪，流放夜郎（今貴州銅梓），行至白帝城遇赦，於是迫不及待放舟返回江陵。詩中表現了返回江陵的急切以及遇赦後分外喜悅輕鬆的心情。詩的首句點出開船的時間是清晨，地點是白帝城。詩中不但寫出「朝辭」時的美麗景色，更着重描寫白帝城地勢高

峻，曙光迷人。次句寫江陵路途的遙遠以及行舟的疾速。其中「千里」與「一日」，以空間遙遠與時間的短暫作懸殊對比，不僅表現出詩人「一日」行「千里」的痛快，也隱隱透露出遇赦的欣喜。李白不是江陵人，卻把赴江陵說成「還」（返回）故鄉，顯得很親切。第三句用兩岸峽谷和此起彼伏連續不斷的猿啼烘托行舟的飛速。第四句寫輕舟順着江流，箭一般地駛過萬重山了。「輕」字寫船行進時輕如無物，因為是順流，也表現了詩人輕快的心境。

【點指技法】

　　一篇作品的產生與作者寫作時的處境有密切的關係，原因是處境會直接影響作者的情思，這種情思會滲入全詩，甚至在每一個用字上。詩人犯事，中途遇赦，從白帝城放舟南下江陵，他的心情完全透過本詩抒發出來。首句寫辭別的地點——地勢高峻、彩霞滿天的白帝城，其中濡染了詩人充滿光明與希望的心情；次句透過行舟的疾速表現心情的輕鬆愉悅；第三句用山影猿聲陪伴行程，也表現內心的興奮快意。古代民謠云：漁人過三峽時聽到猿鳴時的感覺是「巴東三峽巫峽長，猿鳴三聲淚沾裳」（漁人聽到猿猴的哀鳴，不禁引起思鄉之念而淚濕衣裳）。然而在李白筆下，由於心情不同，景物的色彩便截然不同。末句的「輕舟」的「輕」字不是「舟」輕，而是「心」情「輕」鬆。

【小練習】

　　試找一首讀過的詩，說說時代、社會、個人環境或際遇對作品的具體影響。

東南形勝，江吳都會，錢塘自古繁華。
煙柳畫橋，風簾翠幕，參差十萬人家。
雲樹繞堤沙，怒濤捲霜雪，天塹無涯。
市列珠璣，戶盈羅綺，競豪奢。

北宋・柳永《望海潮》

【譯注】

　　此處是中國東南地理形勢最優勝的地方，是吳國的都會，自古以來錢塘一直都很繁華。含煙惹霧的柳樹，裝飾華美的橋樑，擋風的窗簾，青翠的帳幕，樓閣高低參差不齊，居住着十萬戶人家。樹木密如綠雲環繞着江堤，潮頭捲起，浪花像霜雪洶湧而至，錢塘江無涯無際。市場上擺滿珠寶玉器，家家戶戶穿上綾羅綢緞，比豪華，擺闊氣。

- 形勝：地理形勢優勝。
- 江吳：錢塘位於錢塘江北，歸屬吳國，隋唐以來一直是杭州治所，故稱江吳都會。一作「三吳」，指吳興（今浙江湖州）、吳郡（今江蘇蘇州）、會稽（今浙江紹興）。
- 都會：人口稠密，貨物集中的大城市。
- 錢塘：今浙江杭州。

- 參差：形容樓閣高低不齊。
- 堤沙：沙堤，土堤。指錢塘江的防潮大堤。
- 天塹：天然形成隔斷交通的大溝，有時也指江河（多指長江）。古代偏安的王朝為阻擋北方敵人南下的天然險阻，此句的天塹借指錢塘江。

【名句賞析】

　　名句作者柳永（約公元 980－約 1053 年），北宋詞人，他生活在宋仁宗在位的年代。這時國家富庶，經濟繁榮，這種情況在一些大都市裏表現得尤為突出。柳永由於長期地過着都市生活，自然而然在一些作品中描繪這種景象。此詞的主要內容是描寫杭州湖山的美麗、都市的繁榮。名句是詞的上闋。首句點明杭州地理位置的優越，它是國家東南部主要的地區，又是錢塘江北人口稠密、物資集中的都會。接着第三句交代了杭州是歷史悠久的名城，迄今仍不衰落，第四至六句寫城市的風貌：對橋樑、柳樹、房屋陳設、樓閣高低、人口多少作了一番描述。最後寫錢塘江堤壩的宏偉和大潮的壯麗，最後寫民眾生活的富裕和奢侈。

【點指技法】

　　詞調有三種，小令（58 字）、中調（59－90 字）和長調（91 字以上）。這是一首長調（亦稱慢詞），由於篇幅大，內容多，適合充分表現豐富複雜的內容，所以結構安排十分重要。作品運用鋪敍手法，展現杭州的富庶繁華與美麗。寫法上由概括寫到具體，層次分明，按序列展開，逐步深入。首三句中的「形勝」、「繁華」概括描述了錢塘

（杭州）的總體面貌，全詞緊緊環繞此總體特徵，予以鋪陳，於是詞中便出現物阜民豐的都市風貌（上闋）、西湖的風景以及市民遊樂其間的圖景（下闋）。此一圖景的感染力使得當時金朝君主（公元 1149－1161 年）產生渡江侵略宋朝的念頭。南宋羅大經《鶴林玉露》載：「此詞流播，金主亮聞歌，欣然有慕於『三秋桂子，十里荷花』（九月桂花飄香，荷田綿延十里），遂起投鞭渡江之志。」兩句詩見《望海潮》下闋。

【小練習】

　　試描寫某處的景物，先以總體面貌概括，然後緊緊圍繞總體特徵，鋪陳描繪。

金鎖重門荒苑靜，綺窗愁對秋空。
翠華一去寂無蹤，玉樓歌吹，
聲斷已隨風。

煙月不知人事改，夜闌還照深宮，
藕花相向野塘中。
暗傷亡國，清露泣香紅。

後蜀‧鹿虔扆《臨江仙》

【譯注】

　　重重宮門緊閉加上金鎖，荒蕪的苑囿寂靜無聲，雕飾精美的窗戶哀愁地凝望秋日的蒼空。皇帝的儀仗車駕一離開國家就不再看見蹤影。玉石砌成的樓閣中的歌聲樂音不再，一切都隨風飄逝。煙霧圍繞的月亮不知道人間發生的巨大變化，夜闌人靜時還籠照着舊朝的深宮。荷花在野塘中相對無言，暗自懷着亡國之痛，芳香紅色的花瓣上滴着露珠，彷彿在垂淚。

　　● 重門：按古制，帝王居所的門有九重。

- 苑：畜養禽獸並種植林木的花園，多為帝王及貴族遊玩和打獵的風景園林。
- 綺窗：鏤刻精緻的花格子窗戶。
- 翠華：古代皇帝出行時，儀仗隊中用翠鳥的羽毛作裝飾的旗幟。這裏借代後蜀君主孟昶被俘去宋朝都城汴京的車駕。
- 吹：吹奏樂器，笛、簫、竽、笙等。這裏代指音樂。
- 香紅：荷花的紅色花瓣。

【名句賞析】

　　作者鹿虔扆，五代十國後蜀（公元 933 − 965 年）詞人，事君主孟昶，擢以高官，禮遇極隆，後蜀亡後不仕。這首詞寫於後蜀滅亡之後，詞中描寫了亡國後，後宮一片荒涼清冷的景象。由於前朝對詞人有知遇之恩，因此他是以漫溢着感情的筆觸來寫這首詞的，其中字字句句都有眼淚在閃爍，把它和內容相似的李白詩作比較，就可以看出這一特點。李白《蘇臺覽古》：「只今唯有西江月，曾照吳王宮裏人」（而今只有西江上的明月，曾經照耀吳王宮裏的妃嬪們）；《越中覽古》：「宮女如花滿春殿，只今唯有鷓鴣飛。」（以往嬌嬈的宮女佈滿華麗的宮殿，而今只見鷓鴣在環飛）。李白所寫的是覽古抒情之作，寄寓了詩人對世事多變幻，一切榮華富貴均不能久長的感慨，他是客觀地對待變幻的事物，並進行哲理的思考。而本詞的上闋主要是描繪國家破亡，宮苑人去樓空，一片死寂。下闋用擬人手法，以明月不知亡國恨和荷花為國亡而悲泣相襯，抒發哀傷的情懷。

【點指技法】

　　「借景傳情」是古代詩經常運用的寫作手法。所謂借景傳情，是把自己主觀的感情色彩附加到景物上，也就是王國維在《人間詞話》中所説的「以我觀物，物皆着我之色彩」。例如在李白的《蜀道難》中，詩人寫蜀道時有「悲鳥號古木」、「子規啼夜月」之句，刻畫了雀鳥的感情世界，這都是詩人主觀賦予的，也就是「以我之情奪物之情」，名句也是如此，在這裏景物已經人化了。例如「綺窗」、「煙月」、「藕花」都是無生命的自然物，在詞中都具有了感情，以表達作者的亡國之痛。

【小練習】

　　你有沒有一些十分熟悉的地方已遭拆卸或改建？試運用「借景傳情」的手法描寫現在的面貌。

六王畢，四海一。
蜀山兀，阿房出。
覆壓三百餘里，隔離天日。
驪山北構而西折，直走咸陽。
二川溶溶，流入宮牆。
五步一樓，十步一閣。
廊腰縵迴，簷牙高啄。
各抱地勢，鉤心鬥角。

唐‧杜牧《阿房宮賦》

【譯注】

　　六國滅亡，天下統一。四川的山林被砍光，阿房宮出現了。宮殿覆蓋的面積綿延三百餘里地，聳立的樓閣高到遮天蔽日。它從驪山的北面建起，再往西轉折，一直延伸到咸陽。渭水與樊川兩條河緩緩地流，流入阿房宮的圍牆。每隔五步有一座樓台，每隔十步有一座亭榭。樓閣周圍環繞的迴廊好像絲綢般曲折縈迴，屋簷高高翹起像鳥嘴。各個宮室都依地勢而建，各種建築物爭奇鬥勝。

　　• 六王：指齊、楚、燕、趙、韓、魏六國諸侯。

- 兀：禿，形容山上樹木被砍伐淨盡。
- 驪山：在今陝西臨潼東南。
- 走：趨向。
- 咸陽：秦國首都，故址在今陝西咸陽東北窰店鎮附近。
- 二川：渭川、樊川兩條河流。
- 廊腰：連接高大建築物的迴廊轉折處，好像人的腰部。
- 簷牙：屋簷凸起如牙齒。
- 鈎心鬥角：鈎心，指廊腰；鬥角，指簷牙。即走廊如鈎向心，屋簷如角對峙。今義常用來比喻用盡心機，互相排擠。

【名句賞析】

　　作者杜牧（公元 803－852 年），唐代詩人、散文家。《阿房宮賦》是他的代表作。賦，是古代兼具詩歌和散文特點的一種文體，其主要特點是講究文采、韻節，句式多以四言及六言為主，韻散結合。阿房宮是秦王朝的巨大宮殿，遺址在今陝西西安西郊的阿房村一帶，是全國重點文物保護單位。阿房宮是一座非常宏大豪華的宮殿建築，宮的前殿始建於始皇三十五年（公元前 212 年），至秦亡尚未完成。秦亡後，楚霸王項羽將阿房宮及所有附屬建築物縱火焚毀，一切化為灰燼，後人只能根據前人的片斷記載加以想像寫成。《阿房宮賦》主要是根據《史記‧秦始皇本紀》所載的資料予以藝術加工進行創作，引用名句出自《阿房宮賦》第一段首幾句，其中敘述阿房宮建造的背景，描寫它的規模、地勢、外觀等。前四句 12 個字寫秦始皇滅六國後傾全國物力建造阿房宮；第五、六句承「出」字寫宮殿的規模，第五句寫其廣，第六句寫其高；第七至十句寫它依山傍水，外觀雄偉，其後寫樓閣綿亙，建築結構精巧無倫。

【點指技法】

　　不論寫任何文體的作品，都要有明確的思路：所謂思路，就是按照一定的條理，由此及彼表達思想的路徑及脈絡。好的文章須圍繞一個中心點、沿着一個中心線索，把要表達的思想內容組成一個嚴密的整體。《阿房宮賦》就是這樣的。作者寫此文的目的並非誇飾宮殿的壯麗豪華，而是有感於當時唐敬宗李湛貪好聲色、大興土木，修建宮室，於是作賦勸戒。篇首先用 22 個字描述宮殿的建造及其高廣，以統領全篇。前 12 字寫秦滅六國統一天下之後，極盡腐敗之能事，伐禿蜀山之林木，興建阿房宮；繼而再用 10 個字描寫宮室的高而廣。22 個字就概括表現出兩件大事和宮室的規模，從凝練的句子中形象地說明秦正蹈六國滅亡的覆轍，亦總結了封建時期歷代王朝興亡的規律。

【小練習】

　　你應曾在香港或內地看過不少中國傳統建築，試選擇一座作為描寫對象，當中須圍繞一個中心點加以描述。

朝歌夜弦，為秦宮人。
　　明星熒熒，開妝鏡也；
綠雲擾擾，梳曉鬟也；
　　渭流漲膩，棄脂水也；
煙斜霧橫，焚椒蘭也。

唐・杜牧《阿房宮賦》

【譯注】

　　早上唱歌，晚間奏樂，當上秦國的宮妃。明亮的星光閃爍不定，那是宮妃打開的梳妝鏡；墨綠的雲影紛紛擾擾，那是她們清晨梳理的髮髻；渭水泛起了層層油膩，那是她們洗完臉倒掉的脂粉；輕煙浮起霧靄瀰漫，那是她們點燃的香料。

- 朝歌暮弦：意思是朝朝夜夜唱歌奏曲。此詞是互文，即早上唱歌奏曲，晚間也唱歌奏曲。歌、弦是名詞，此句中作動詞用，作唱歌、彈曲解。

- 熒熒：閃亮。
- 擾亂：紛亂的樣子。
- 鬟：古代環形的髮髻。
- 椒蘭：兩種香科植物，焚燒以薰香衣物。

【名句賞析】

　　名句引自杜牧《阿房宮賦》第二段。在第一段中，作者描寫宮室的雄偉壯麗，從「蜀山兀，阿房出」已寄寓了對統治者的貶意。統治者把蜀地山上林木砍伐得一木不剩，建造一座覆蓋三百餘里，美輪美奐的宮殿，不惜用盡全國的財力、物力、人力，大大加重了人民的負擔。作者意在透過描述秦始皇的驕奢淫佚、勞民傷財來揭示當今唐朝最高統治者的腐朽糜爛，揮霍無度，最終必將落得與六國和秦國同樣滅亡的下場。因此作者在第一段寫了阿房宮的「長橋臥波，未雲何龍？複道行空，不霽何虹？（遠眺高處，長橋像龍橫臥在水面上，宮殿樓閣凌空的通道像跨越天空的彩虹。）」描寫過神話似的宏偉壯麗之景後，就緊緊把握文章的思路，把筆鋒伸向更能表現中心思想的地方，即阿房宮的建造是為了帝王縱情聲色。秦始皇在吞併六國之後，需要大量的歌舞者供自己過淫逸的生活，於是把六國的妻妾妃嬪、王侯的女兒孫女都俘虜到秦國，做他的宮人。她們能歌善舞，朝朝暮暮為秦王唱歌奏樂舞蹈。名句中「明星熒熒，開妝鏡也」及之後幾句是賦中最為精彩和膾炙人口的部分：這部分主要是突出從六國俘虜來侍候秦始皇的美人眾多，賦中用天上閃耀的明星比喻美人打開的梳妝鏡，用空中飄動的綠雲比喻美人的濃密的鬟髮，用渭河泛起層層油膩比喻美人洗臉後潑掉的脂粉水，用空氣中繚繞的輕煙和薄霧比喻美人

點燃的薰香。它們不但形象生動地描寫美人之眾多，也寫了阿房宮的華麗以及秦始皇的荒淫。

【點指技法】

　　欣賞文句時，要注意其修辭手法可能只有一種，也可能包括多種，名句就是使用了多種修辭手法。在「名句賞析」中已介紹了當中的比喻手法，其實它還使用了誇張手法，雙管齊下。誇張作為一種藝術手法，就是言過其實、誇大其辭，目的是給人更為鮮明的印象。誇張和豐富的想像是分不開的，例如李白富於想像，所以文中多誇張之辭。《望廬山瀑布》中的「飛流直下三千尺，疑是銀河落九天」這一名句就是以浪漫的想像，高度誇張的比喻這條從絕頂騰空而下的瀑布的壯觀景象。名句從獨特的角度，發揮想像，嫻熟地描繪阿房宮的寬廣富麗及帝王生活的奢靡。

【小練習】

　　現代婦女有數不盡的面部護理產品和服飾，試參考名句，以誇張手法予以描述。

溪雲初起日沉閣，
　　山雨欲來風滿樓。
鳥下綠蕪秦苑夕，
　　蟬鳴黃葉漢宮秋。

唐・許渾《咸陽城西樓晚眺》

【譯注】

　　磻溪水面一片烏雲升起，夕陽向慈佛閣下沉。山雨即將降臨，呼呼的風吹滿了整座城樓。昔日秦朝的禁苑，只見鳥兒落到雜草叢中；漢代的宮殿，唯聞蟬兒在發黃的樹林裏鳴叫。

- 溪雲初起日沉閣：此句作者自注云：「（咸陽城）南近磻溪，西對慈佛寺閣。」
- 秦苑：即上林苑，秦始皇在咸陽修建的宮苑，阿房宮即在其中。漢初荒廢，漢高祖十二年允許民眾入苑開荒，漢武帝時又收回改為皇家獵場，方圓二百多里。

【名句賞析】

　　作者許渾，字用晦，潤州丹陽（今江蘇丹陽）人，唐文宗大和六年（公元 832 年）進士，元代辛文房的《唐才子傳》說他是「慷慨悲歌之士」，他的詩多為登高懷古之作。這些懷古詩有的是詩人目睹當時朝政腐敗，感到唐王朝衰微將亡而寫，名句就是在這種背景下寫成的。詩中預報了唐王朝末日即將到來，抒發了狂瀾難挽的隱憂。名句引自《咸陽城西樓晚眺》的頷聯和頸聯（第三至六句），詩人是在咸陽城樓上寫下此詩的。咸陽，秦漢時的都城，在唐代時隔河與唐都城長安相望，故址在今陝西咸陽東北窰店鎮。詩的首聯「一上高城萬里愁，蒹葭楊柳似汀州」，寫詩人一登上城樓，內心即湧起無限深廣的哀愁，對眼前的景物，產生世事多變幻的感慨。咸陽是秦漢時期的故都，當年的亭台樓閣、繁榮豪華，都已灰飛煙滅，而今俯視所見，蘆葦楊柳叢生，與荒涼的沙州相似。「似汀州」點出江南景物特色，蘊含思鄉情緒。頷聯寫此時磻溪水面有烏雲生起，黃昏夕陽往慈佛閣下墜，呈現出一派衰敗的景象。緊接「雲起」，呼呼大風撲面而來，預示着自然界將發生急劇變化，借以象徵唐王朝處於大變動前夕的政治形勢，這是寫眼前景物及由此興起的聯想。接着頸聯的兩句轉向對比秦漢當年的興盛和今日的荒涼，現在遍地綠蕪，滿樹黃葉，蟲鳥不知興亡，在其中飛落、長吟。這兩句隱含對唐王朝的憑弔之意，令人想起杜甫在《蜀相》中追懷諸葛亮時描寫祠堂景色使用的表現手法：「映階碧草自春色，隔葉黃鸝空好音」（日光映照石階自然呈現春天的色彩，黃鶯隔着樹葉白白傳出婉轉的歌音），說明碧草黃鸝不理睬人間滄桑、人事代謝，依然生長、鳴叫。尾聯「行人莫問當年事，故國東來渭水流」，意思是故國（秦漢古都）的往事不必再詢問了，一切都

已消逝，只有那滾滾向東而去的渭河流水還沒有改變秦漢時的流向。詩中感慨歷史興亡，表明世間沒有永存的事物，也沒有永不衰頹的繁盛，凡是歷史上產生的事物都將於歷史中滅亡。

【點指技法】

　　名句中最為膾炙人口的是「山雨欲來風滿樓」，但此句必須與「溪雲初起日沉閣」連起來讀才能表現其豐繁巨大的內容，以及顯示其高超的藝術技巧。二句中，連用了「雲」、「日」、「雨」、「風」四個同屬自然界的十分常見的字，四者的關係如此清晰、自然、靈動地結合在一起，在暮色蒼茫之際，「溪雲」帶來涼風，「涼風滿樓」呈現出動盪不安的氣氛，象徵着將要發生巨變的政治形勢，經過詩人細緻地觀察和比較，創造性地把它表現出來。此句之所以傳誦千古，乃是由於它具有典型性，可以適用於人們生活的各個方面，例如一個公司、一個家族或家庭發生大變動的前夕，均能予人這種感覺。

【小練習】

　　試以家庭、學校、社區或社會生活中產生的現象為題材，以「山雨欲來風滿樓」為題，寫一篇短文。

黑雲壓城城欲摧，
甲光向日金鱗開。
角聲滿天秋色裏，
塞上燕脂凝夜紫。

唐·李賀《雁門太守行》

【譯注】

　　敵軍眾多如黑雲般逼近城池，眼看城池被摧毀，守城士兵的鎧甲迎着太陽，像金鱗般閃閃發光。守軍的號角聲響徹瀰漫秋色的天空，夜幕籠罩下的塞上大地凝結着一層胭脂色的鮮血，夜色漸深，紫色越濃。

- 壓：逼近。
- 甲光：鎧甲在太陽照耀下閃射的光芒。
- 金鱗：鎧甲是用金屬片聯綴而成，呈魚鱗狀，故云。
- 角聲：畫角的聲音。畫角，古代軍中用以警昏曉、振士氣、肅

軍容的管樂器，傳自西羌（中國古代西部的少數民族），形如竹筒，本細末大，以竹木或皮革等製成，因表面有彩繪，故稱畫角，發聲哀厲高亢。

● 燕脂：同胭脂，深紅色，形容鮮血的顏色。

【名句賞析】

作者李賀（公元 790－816 年），字長吉，河南福昌（今河南宜陽）人，少年時才能出眾，有遠大抱負，但仕途多蹇，窮愁潦倒，他悲憤抑鬱之餘，便將全部精力傾注於詩歌藝術的創新上。李賀作詩十分刻苦，損壞了健康，27 歲就去世了。他在詩歌形象、意境上都力求創新，嘔心瀝血，慘澹經營，以奇特的想像、濃重的色彩和新穎優異的語言，形成了奇崛幽美、濃麗淒清的浪漫派風格。他也寫一些寫實、風格明朗的作品，例如這首《雁門太守行》。

李賀生活在中唐藩鎮（掌管當地軍政大權的軍閥）割據、叛亂此起彼伏、發生過重大戰爭的年代。史載元和四年（公元 809 年），成德節度使王承宗攻打易州和定州，愛國將領李光顏曾率兵馳救。元和九年，李光顏衝破叛軍的包圍，殺得敵人狼狽而逃。《雁門太守行》寫的可能就是平藩鎮亂之事。此詩用的是古樂府曲調名，六朝和唐代詩人多用它表現征伐題材，如南朝梁簡文帝曾用它寫邊城征戰之情，李賀沿其意，借以寫將士邊城苦戰的悲壯場景。全詩共八句，有聲有色地描述將士們為了報效朝廷不畏艱險，不懼犧牲，與敵人周旋的英勇氣概。名句引用前四句，寫的是日落前戰場的情景，既寫景，也寫事，以景象徵事。首句「黑雲壓城城欲摧」極力描寫邊城上空陰雲密佈，雲層低得就像直接壓在城牆上，要把城牆壓垮，要把城池摧毀，

顯示敵人力量強大；而守軍承受着巨大的壓力，渲染了守軍所處的形勢極為危急。此句是從敵軍方面着筆的。次句「甲光向日金鱗開」，則從守軍角度寫他們身上的鎧甲與烏雲隙中透露出來的陽光相輝映，如金鱗閃爍，明滅可見。前者色調凝重、陰暗；後者撥開此色調，呈現明亮耀眼的光彩，可見守軍士氣高漲。第三、四句從聽覺和視覺的角度切入，描繪戰場上戰鬥的情景，嘹亮的號角聲響徹秋夜的天空和原野，暮色蒼茫的大地凝結成一層胭脂色的鮮血，隨着夜色越來越濃。

　　首句「黑雲壓城城欲摧」最為人稱道，它常被人引用以形容外界壓力巨大、形勢極危急的情景。

【點指技法】

　　僅僅引用詩中的四個名句，已充分表現出李賀對戰爭場面的控制能力。詩人在描寫這幅戰爭畫面時，能夠從設色、繪聲、描光等多方面着手。設色：「黑雲」、「金鱗」、「燕脂」、「夜紫」；繪聲：角聲；描光：甲光，組成一幅聲、光、色交織的戰爭畫卷。其中以設色最為突出，它使此詩文采斑斕，意象鮮活，引人入勝。

【小練習】

　　試選擇一處聲、色、光俱全的風景，加以描繪，根據風景特色，有重點地描寫某一點。

鳥去鳥來山色裏，
　　人歌人哭水聲中。
深秋簾幕千家雨，
　　落日樓台一笛風。

唐‧杜牧《題宣州開元寺水閣，閣下宛溪，夾溪居人》

【譯注】

　　鳥兒飛來，鳥兒飛去，出沒在青翠的山色裏，人們歡歌，人們痛哭，歌聲哭聲迴盪在淙淙水流間。深秋時節的密雨，彷彿給千門萬戶的房子掛上簾幕，黃昏雨過，夕陽斜照着樓台，晚風送來悠揚的笛聲。

- 人歌人哭：語出《禮記‧檀弓下》：「美哉輪焉，美哉奐焉，歌於斯，哭於斯，聚國於斯。」（多麼美麗的地方啊！多麼美麗的地方啊！可以在這裏祭祀奏樂，可以在這裏居住哭泣，在這裏和僚友族人聚會寄歡。）這句借用「人歌人哭」這個典故，指宛溪兩岸的人世世代代居住在這裏共歡樂、共悲傷。
- 一笛風：一縷笛聲隨風傳送。

【名句賞析】

名句出自杜牧《題宣州開元寺水閣，閣下宛溪，夾溪居人》一詩，此詩寫於唐文宗開成三年（公元 838 年）深秋，那時杜牧 36 歲，任宣州（今安徽宣城）團練判官（協助團練時掌管軍事）。開元寺建於東晉，初名永友寺，唐開元二十六年改名開元寺，是當地名勝之一。水閣，開元寺中臨宛溪而建的樓閣。宛溪，一名東溪，在宣州城東流過，城東北有秀麗的敬亭山。夾溪居人，宛溪兩岸居住着許多人家。杜牧在宣州期間經常來開元寺遊覽賦詩，這首詩抒寫了詩人在寺院水閣上，俯瞰宛溪，眺望敬亭山的感受。

要讀懂名句，必須了解詩人所處的時代背景以及詩人的處境和心情。從時代背景看，這時李唐王朝已經蒙上將要敗亡的陰影，所以詩的首聯「六朝文物草連空，天淡雲閒今古同」，寫登臨開元寺水閣遠眺晚景，不免勾起古今聯想，弔古傷今。一開始就點出六朝豪華已經消逝，六朝指三國吳、東晉、南朝宋、齊、梁、陳六個朝代均建都建康（今南京），社會安定，一片繁榮景象。如今從開元寺的水閣上放眼遠望，只見草色無邊，連接天際，六朝的繁榮已無跡可尋，但天上雲彩卻不為人間的變遷所動，亘古不易。此感慨乃由登臨所引致。聯繫詩人的經歷和處境，還有更深層的內在因素。這是杜牧第二次來宣州作官，兩次之間相隔八年。在此八年間，杜牧的生活經歷了起落變化，這種變化大大影響了他的心情，他說：「我初到此來三十，頭腦銳利（敏銳）筋骨輕。」（《自宣州赴官入京，路逢裴坦判官歸宣州，回贈》），「景物不盡人自老，誰知前事堪悲傷」（《大雨行》），可見這次登臨遠眺，世事變局在詩人內心引起惆悵，而這種情緒在名句中充分地展示出來，成為全詩的基調。名句首二句寫鳥兒在青巒疊嶂中飛

來飛去，自由翱翔，俯視着宛溪兩岸的百姓世世代代的歡樂和悲哀，隨着淙淙的水聲流逝，這是宇宙不可更易的規律。第三、四句描繪一幅深秋時節，密雨使千門萬戶蒙在雨簾籠罩中的朦朧畫面。接着描寫黃昏雨過，夕陽斜照樓台，傳來悠揚笛聲，景色一陰一晴，人的心情也由晦暗轉為明亮。詩人巧妙地用「一笛風」——一縷笛聲穿透空氣，絲絲秋風替代笛聲隨風傳送，語意雙關，使意象具有更豐富的內涵。

【點指技法】

名句首二句使用了複疊修辭手法：即同一個字接二連三地用在一起，例如「鳥來鳥去」、「人歌人哭」這兩句工巧變化的對偶句中的「鳥」和「人」字。這種環環相扣的複疊手法令詩句具有旋律美，使景物更生動，並且靈活地表現時空的轉換，抒發了詩人對世事變幻、歷史滄桑的感喟。另一方面，靈活處理時空交錯是本詩的最大特點，鳥兒在山色裏飛來飛去，寫的是空間；人們在宛溪中世代歌哭，寫的是時間。此外，「深秋」寫的是時間，雨給千家萬戶掛上簾幕，寫的是空間；「落日」寫的是時間，樓台傳來笛風，寫的是空間，可見時空交接之處已達到天衣無縫的地步，充分顯示詩人的藝術技巧。

【小練習】

試找找哪些你讀過的詩詞散文同樣運用了複疊手法，並說明其藝術效果。

閒居少鄰並，草徑入荒園。
鳥宿池邊樹，僧敲月下門。

唐·賈島《題李凝幽居》

【譯注】

隱居的房子周圍很少鄰居，青草遮蔽的小路通向荒涼的庭園。鳥兒在池塘邊的樹上棲息，一個僧人在黃昏月下敲着園門。

- 閒居：避人獨居，即隱居。
- 少鄰並：少有鄰人居住。
- 僧：可能是詩人自己。

【名句賞析】

作者賈島（公元 779－843 年），中唐詩人，范陽（今河北涿州）人，早年落魄，曾出家為僧，後遇韓愈，還俗，屢舉進士名落孫山，潛心於寫詩之道，在當時詩壇頗為有名。寫詩注重詞句的鍛鍊，刻苦求工。他作詩的態度很受杜甫的「為人性僻耽佳句，語不驚人死不休」

的影響。曾自道吟詩的苦況是：「兩句三年得，一吟雙淚流」，被稱為「苦吟詩人」。《題李凝幽居》透過描述友人李凝住所幽美寧靜，表達作者對隱居生活的嚮往。這首詩以第三、四句「鳥宿池邊樹，僧推月下門」而知名於世，其中有一則故事：有一次賈島赴京考試，騎驢賦詩，吟誦「鳥宿池邊樹，僧推月下門」二句，先用「推」字，又想用「敲」字，不知用哪個字好，於是就在驢背上不斷地做「推」與「敲」的手勢。這時正好京兆尹（掌管京師的官吏）韓愈路過，賈島不知不覺間撞到了韓愈的儀仗隊，立即被護衛押至韓愈面前，韓愈正要責備他，賈島慌忙解釋原因，並請教韓愈用哪一個字好，韓愈思考了一下說：「還是敲字為佳」，於是二人並駕而行，共同討論詩藝，從此成了好朋友。後人把寫文章字斟句酌、反覆修改叫「推敲」，典故即本此。

　　名句引用《題李凝幽居》詩的第一聯第一至二句和第二聯（第三至四句），首聯「閒居少鄰並，草徑入荒園」寫僧人前往李凝居處，看見幽靜的環境；頷聯「鳥宿池邊樹，僧敲月下門」，寫晚上萬籟俱寂，鳥兒已經歸巢，在池邊樹上棲息。皓月當空，那位僧人輕輕地敲門，響聲驚動了宿鳥，引起了一陣躁動，紛紛飛出來，轉了個圈又飛回去恢復原來的狀態。詩人抓住敲門那一剎那的動態，反襯環境的幽靜，寓動於靜，取得特殊的藝術效果。

【點指技法】

　　描寫靜景有兩種手法：一是以靜寫靜，如李白的《獨坐敬亭山》：「眾鳥高飛盡，孤雲獨去閒，相看兩不厭，只有敬亭山。」（所有的鳥兒全已飛走了，一片孤單的雲朵悠閒地獨來獨往，互相對看而不會感到厭倦，只有我所愛的敬亭山。）「靜」字貫串全詩，其中寂靜的境

界由詩人的思想感情與大自然的景物緊密結合呈現出來。至於以動寫靜，以動反襯靜，最著名的例子莫過於南北朝王籍的《入若耶溪》：「蟬噪林逾靜，鳥鳴山更幽」（蟬叫聲越喧鬧，叢林越顯得寧靜，鳥的鳴囀越響亮，深山越顯得清幽），這種相反相成的藝術技巧給後代詩人帶來極大的影響，如王維的《鳥鳴澗》：「人閒桂花落，夜靜春山空。月出驚山鳥，時鳴春澗中。」

　　由此可知為什麼韓愈建議用「敲」字了。

【小練習】

　1　試想想賈島為什麼在「推」、「敲」二字中曾想用「推」字？

　2　試用以動反襯靜的手法描寫幾句風景。

國破山河在，
城春草木深。
感時花濺淚，
恨別鳥驚心。

唐・杜甫《春望》

【譯注】

國土破碎，山脈河流依然存在，滿城春色草木叢生。花兒感傷時局，都潸然淚下，鳥兒愁恨別離，亦感到心驚膽戰。

- 國：指國都，即京城長安。泛指國家國土。
- 破：攻破，攻入，這裏指淪陷敵手。
- 感時：感懷時局，憂心時局。

【名句賞析】

　　這首詩寫於唐朝「安史之亂」爆發後的第二年（公元 757 年）三月。此時杜甫正身處被叛軍佔據的長安，他親眼目睹山河依舊而國破家亡，春歸大地而滿城荒涼。在逆境中，他思家情切之際，不禁觸情傷懷，寫下這首《春望》——即「望」春色所見的景色和產生的感受。要讀懂這幾句名句，必須了解詩人所處的社會背景及其經歷，先從與此名句有關的「安史之亂」談起。

　　「安史之亂」即唐朝安祿山、史思明發動的叛亂，唐玄宗開元天寶（公元 739－756 年）之際，朝廷政治日趨腐敗，社會矛盾尖銳，中央集權削弱，藩鎮割據相繼而起。天寶十四年（公元 755 年），平盧（今山東益州）、范陽（今河北涿州）、河東（今山西范縣）、三鎮節度使安祿山以誅右相（百官之長）楊國忠（楊貴妃之兄）為名，發動叛亂，很快就攻陷洛陽，次年六月攻陷國都長安。公元 757 年，安祿山為其子安慶緒所殺，唐將郭子儀收復洛陽長安。在戰爭爆發的三年多的時間內，杜甫曾多次奔走於戰爭激烈的兩京地區，廣泛地目睹了戰爭的大量傷亡和對城鄉的嚴重破壞。他飽受憂患，也親自體驗到民眾所遭遇的深重苦難，於是筆端流瀉下《春望》中蘸滿了血淚的文字，其中尤以「感時花濺淚，恨別鳥驚心」令人產生揪心之痛。首句寫國土破碎，叛軍從河北打到長安，國都淪陷，但青山綠水依然不變，「國破」與「山河在」，「破」與「在」相對比，予人以物是人非的印象。「城春」與「草木深」相映襯，在春光明媚的季節，本應萬紫千紅，遊人如鯽，現在卻因戰亂而人跡罕至，到處雜草叢生。第三、四句可以有兩種解釋：一種為主語是詩人自己，意為看到悅目的花開反而流淚，聽到動聽的鳥鳴反而驚心；另一種為主語是花和鳥，謂語

是「濺淚」和「驚心」，即花為國破而「濺淚」，鳥亦為戰亂離散愁恨而驚心。

　　名句後面還有四句，「烽火連三月，家書抵萬金。白頭搔更短，渾欲不勝簪」。戰爭持續到陽春三月，一封家書價值萬兩黃金。白髮越搔越稀疏，連髮簪幾乎也插不上。其中「烽火」兩句也是名句，它道出了戰亂時期，家人離散亟盼獲得對方訊息的焦急心情。

【點指技法】

　　在上文「名句賞析」中，曾對「感時花濺淚，恨別鳥驚心」二句中的主語及其內涵作了說明，現在進一步說明其寄情於物的擬人化技法。物尚且如此，人何以堪？此二句只有以「花」與「鳥」為主角才能表現出戰爭的殘酷以及人民的苦難。這種表現技巧使人想起宋代詞人姜夔《揚州慢》中描寫金人南侵，兵燹後的淒慘景象。「自胡馬窺江去後，廢池喬木，猶厭言兵，漸黃昏、清角吹寒，都在空城」，其中「廢池喬木」句是說揚州只剩下荒廢的城池和高大的古樹，迄今仍然害怕談起那兵荒馬亂的情景。

【小練習】

　　試結合自己的經歷和親眼看到的（或影視中看到的）景物，用寄情於物和擬人手法寫一篇短文。

第五章

形態律動篇

東風夜放花千樹，
　　更吹落，星如雨。
寶馬雕車香滿路，
　　鳳簫聲動，玉壺光轉，
一夜魚龍舞。

南宋·辛棄疾《青玉案·元夕》

【譯注】

　　東風來臨，黑夜裏千樹萬樹綻放出燦爛的花朵，更吹落天空雨點般的星星。富貴人家乘着華麗車馬，駛過之處，道路香氣四溢。鳳簫吹出悠揚的樂曲，玉製的燈飾，閃耀奪目，整夜都是魚形、龍形的花燈在舞動。

- 花千樹：形容花燈燦爛，有如千萬棵樹的花朵全部開放，據《朝野僉載》云：「（唐）睿宗先天二年（公元 712 年），正月十五、十六、十七夜，於京師安福門外作燈輪，高二十丈，衣以錦綺，飾以金銀，燃五萬盞燈，簇之如花樹」。另一種解釋

為千萬棵樹上懸掛彩燈。

- 星如雨：形容煙火先衝上天空，然後從天空散落，如彗星解體後的流星群。
- 寶馬雕車：富貴人家乘坐的寶貴馬車。雕車，雕飾得很華麗的車駕。
- 鳳簫：簫的美稱。
- 玉壺：玉雕的燈，純白玉製成，晃耀奪目。
- 光轉：光輝照耀四周，因為花燈在轉動。
- 魚龍舞：魚形、龍形的花燈徹夜在舞動。

【名句賞析】

　　名句描繪了都市元宵佳節喧鬧歡騰的情景，是南宋詞人辛棄疾（公元 1140－1207 年）在臨安（今杭州）時任職寫下的。元夕，舊稱農曆正月十五日為上元節，是夕，稱為元夕，亦稱元宵。這晚當地有觀燈的風俗，故又稱燈節。元宵花燈是中國傳統節目中最為吸引人的節目，自古迄今，每當此夜，許多百姓都會傾城赴會。不少詩人會作詩歌詠，唐代的元宵詩很多，如蘇味道《正月十五的夜》「火樹銀花合，星橋鐵鎖開」、崔液《上元夜》「誰家見月能閒坐？何處聞燈不看來。」宋朝詞人朱淑真也曾這樣形容元宵節：「火樹銀花觸目紅，揭天鼓吹鬧春風」（《元夜》）。實際情況是據《朝野僉載》寫當夜「鬧元宵」的情景：「於燈輪下踏歌三日夜，歡樂之極，未始有之。」《大唐新語》亦説：「京城正月望日，盛飾燈影之會，金吾弛禁（取消宵禁），特許夜行，貴族戚屬及下隸工賈，無不夜遊，車馬駢闐（連屬），人不得顧。王公之家，馬上作樂，以相誇競。」名句引用了《青玉案》的

上闋，內容渲染元宵節熱鬧繁華的場面，描寫多姿多彩的燈飾爭妍鬥麗：它們有些像千萬棵樹上綻放的明豔花朵，有些像空中飄飄灑灑的流星雨，有些像閃閃發光的玉石。在燈彩紛繁、光芒四射的背景中，有富豪車馬的聲浪，有鼓樂的交響，人們熙來攘往，全城沸騰。

【點指技法】

歷代描寫元宵花燈的作品為數不少，不過大多從側面間接表現，正面直接細緻描寫的不多，例如上面提到了唐朝崔液的《上元夜》：「玉漏銀壺且莫催，鐵關金鎖徹明開，誰家見月能閒坐？何處聞燈不看來。」其中無一字寫元宵花燈熱鬧的情景，但卻透過長安鬧元宵的盛況、官府取消宵禁，以及人民傾城而出的喜悅心情，把元宵節的景況表露無遺。名句則是從整體正面地描寫燈會的情景，聲色俱全，不但寫景物，也寫人的活動，每一幕場景都栩栩如生。

【小練習】

試以側面和正面描寫一個節日的熱鬧場面（注意：既要寫景，也要寫人的活動）。

過春社了，度簾幕中間，去年塵冷。
差池欲住，試入舊巢相並，
還相雕樑藻井，又軟語商量不定。
飄然快拂花梢，翠尾分開紅影。

南宋‧史達祖《雙雙燕‧詠燕》

【譯注】

　　過了春天祭祀土地神的日子，燕子飛過房屋的簾幕中間尋找舊巢，去年的舊巢已經佈滿塵埃，冷冷清清。燕子於是舒展雙翅擺動尾翼，在屋內飛飛停停，有時雙雙親密地靠在一起，回頭觀察屋樑和天花板，又呢呢喃喃細語商量個沒完。然後牠們輕快地飛掠過花樹的梢頭，綠色的尾羽像剪子般剪開紅色的花影。

- 春社：春分（三月二十或二十一日）祭土地神（社神）的日子叫春社。
- 度：飛過。
- 塵冷：指去年燕巢佈滿塵土，顯得十分冷清。
- 差池：形容燕子飛翔時雙翅和羽翼舒展和擺動樣子。

- 相並：形容雙燕親熱地並合。
- 還相：還仔細觀察。
- 雕樑：雕花的屋樑。
- 藻井：中國傳統建築中頂棚的一種裝飾，一般做成方形，圖形或多邊形的網面，上面有各種花紋、雕刻和彩畫。
- 拂：飛掠。
- 翠尾分開：燕子的尾翼似剪刀分開。

【名句賞析】

　　作者史達祖（公元1160－1210年），南宋詞人，汴京（今河南開封）人，他的詞以詠物見長，刻畫精細，工巧精圓。這首詞是他的代表作，充分顯示其藝術風格。《雙雙燕》是詞牌名，這個名稱是作者創制的，用題目作為詞名。一般人填詞，是依照前人所創詞牌定式，嚴格地按照格律選字用韻。自創詞（也稱自度詞）就沒有這個限制。這首詞詠的是雙飛燕。燕子，是我國最常見的候鳥，也是與人們最親近的農業益鳥，牠冬天北去、春天南來，常重返舊地，飛回原來棲息的居所銜泥築巢，生兒育女。名句引用了詞的上闋，首句「過春社了」點明燕子活動的時間在春末。第二、三句「度簾幕中間，去年塵冷」，寫燕子回來，在簾幕重重的屋簷間尋找舊巢，發現舊巢佈滿灰塵，冷冷清清。「差池」以下四句寫燕子的飛行活動，牠們展開雙翅，擺動尾翼，飛飛停停，有時雙雙並立，還觀察周圍的環境，然後呢喃軟語，商量個不停，最後兩句寫雙燕輕快地飛掠過樹梢花叢的美麗姿態。詞的下闋描述雙燕嬉戲的情景：「芳徑，芹泥雨潤，愛貼地爭飛，競誇輕俊。紅樓歸晚，看足柳昏花暝。」牠們在溫潤的泥地上飛來飛去，有

時往上衝，有時貼地而飛，競飛一直飛到黃昏深暮，柳昏花暝，玩夠了才回巢。

【點指技法】

　　中國詩詞很少純粹詠物之作，「一切景語皆情語」，大多是透過詠物抒情的，詠物只是手段。而《雙雙燕·詠燕》卻是單純的詠物詞，詞中以擬人手法寫雙燕回到舊巢，一起銜泥修築，還軟語商量不定，又在芬芳小徑潤濕泥土上雙雙飛翔，快樂地嬉戲，從早到晚，動作隨時間的推移環環相扣，連續緊密自然，透過這些動作塑造一雙富於人性的燕子意象。

【小練習】

　　試描寫一對或一隻動物的一系列連續性動作，該動物的意象中要富有人性美，可以家中的動物為對象。

朱雀橋邊野草花，
烏衣巷口夕陽斜。
昔日王謝堂前燕，
飛入尋常百姓家。

唐・劉禹錫《烏衣巷》

【譯注】
　　朱雀橋邊長滿了野草，開遍了點點野花。豪門貴族聚居的烏衣巷口一輪夕陽斜照。往昔王家、謝家富麗廳堂前棲息的燕子，如今卻在普通老百姓的屋簷飛來飛去。

- 朱雀橋：東晉成帝咸康年間（公元 335－342 年）建，是橫跨金陵秦淮河的浮橋，故址在今南京鎮淮橋東。
- 烏衣巷：當時金陵城中的一條街，位於秦淮河之南，與朱雀橋相近。三國時吳國曾在此設軍營，士兵多着黑衣，故稱為烏衣巷。當時豪門貴族聚居於此。

- 王謝：東晉王導、謝安諸豪族均居於烏衣巷。王導（公元 276－339 年），他曾輔佐晉元帝稱帝，任丞相，兄王敦掌握軍權；當時有「王與馬，共天下」之說。謝安（公元 320－385 年），東晉孝武帝時，位至宰相，太元八年（公元 383 年）以八萬士兵在淝水（在今安徽壽縣）打敗進犯的前秦苻堅的八十萬大軍，保住東晉江山。死後追贈太傅（為輔弼國君的高官）。

【名句賞析】

　　作者劉禹錫（公元 772－842 年），中唐詩人。這首詩是《金陵五題》的第二首，金陵（今南京）是六朝的首都。由於地理形勢優越，加上南朝統治者豪侈生活的影響，使得金陵成為靡麗繁華的城市。唯 589 年隋滅陳之後，政治中心轉移，隋建都江都（今江蘇揚州），此後中國古代只有南唐（公元 937 至 975 年）、明初明太祖（公元 1364－1421 年）短暫建都於此，均只有四五十年。在歲月的磨蝕下，金陵往昔的靡麗繁華已成為明日黃花，供人憑弔。這是《金陵五題》組詩的主調，也是《烏衣巷》的基調，其中浮現的滄桑感使人不勝唏噓。

　　首句「朱雀橋邊野草花」，寫朱雀橋周圍的景色，朱雀橋是橫跨秦淮河的一座大橋，應該是車水馬龍，十分熱鬧。當時正值江南的春天，大地本應是綠草如茵，百花競豔，但在詩人筆下，卻是一片蕭條死寂，只見野草叢生，零零星星的野花點綴其中，無人理睬，句中用一個「野」字點出環境的衰敗與冷落。次句「烏衣巷口夕陽斜」，烏衣巷本是豪門貴族的聚居地，高樓廳堂，金碧輝煌，門口衣冠往來，

喧鬧沸騰，生氣盎然；而今只見一抹斜照，殘留巷口，渲染出日落西山，奄奄一息的場景。以上兩句寫的是當前景象，但卻留下「空白」，讓讀者想像舊日的情景並與之相比。末二句「舊時王謝堂前燕，飛入尋常百姓家」是寫舊日在王、謝華麗廳堂裏的燕子，如今卻飛入普通老百姓家中，不禁使人興起燕子依舊而人事全非的慨歎。

【點指技法】

　　末句非常有名，它使用的是對比的藝術手法，它們不僅是「實」與「實」，如第三、四句中「王謝堂」與「百姓家」相對比；而且也有第一、二句中「虛」和「實」的對比，畫面上沒有出現的和畫面上已經出現的景物相比。二句中「朱雀橋」和「烏衣巷」當前的淒涼衰微景色是「實」，而往日的繁榮豪華卻是「虛」的，詩中這兩種對比交替使用，使詩作變化多端，意境雋永。寫作要有虛有實，虛實結合。把抽象的敍述描寫與具體的敍述描寫結合起來，融為一體的寫作稱為虛實結合法。虛寫，是抽象地、側面地、烘托性地寫；實寫，是具體地、正面地、直接地寫。虛實結合，可避免文字的繁瑣和重複，使結構緊湊有力，增加文章的內涵容量。本詩可作為典範。

【小練習】

　　對比是文藝作品中常用的寫作法，試運用對比手法描寫由於時間的磨蝕引起景物的變化，可以「實」與「實」相對比，也可以「實」與「虛」相對比。

胡馬大宛名，鋒稜瘦骨成。
竹批雙耳峻，風入四蹄輕。
所向無空闊，真堪托死生。
驍騰有如此，萬里可橫行。

唐・杜甫《房兵曹胡馬》

【譯注】

　　胡馬是大宛的名種馬，牠有鋒銳的稜角、瘦硬的骨骼，兩耳尖小像斜削的竹筒，奔馳時馬蹄輕快四蹄起風。奔騰起來，空闊的地方根本不算一回事。可以把生命託付給牠，牠如此驍勇迅捷，能橫行萬里，所向無敵。

- 胡馬：泛指當時中國西北邊疆出產的馬。
- 大宛：漢代西域國名，在今中亞烏茲別克斯坦國境內，出產名馬，以汗血馬（漢代稱為「天馬」）為最著名。此馬流汗如血，故稱。
- 鋒稜瘦骨：稜角鋒銳，骨頭瘦硬。

- 竹批：即竹削，形容馬耳如斜削的竹筒，古人以兩耳尖短為良馬的特徵。
- 峻：尖銳。魏賈思邈《齊民要述》卷六：「（馬）耳欲小而銳，狀如斬竹筒。」
- 風入四蹄輕：形容快馬奔騰，如乘風而行。
- 所向：力量所能達到的地方。
- 無空闊：沒有什麼空闊的地方（指溪澗坎坷），牠沒有跨不過的，即所到之處，不論有什麼艱難險阻，都阻擋不住牠前進。
- 真堪：可以勝任。
- 托死生：是說可靠着牠臨危脫險，化死境為生境。
- 橫行：縱橫馳騁，是褒義，現今是貶義，指依仗權勢，胡作非為，如橫行霸道。

【名句賞析】

　　這首詩大約寫於唐玄宗開元二十九年（約公元 741 年），杜甫當時身在洛陽。詩題中的「兵曹」是兵曹參軍的簡稱，是掌管軍防的烽火、驛站的傳送等的官吏。房兵曹，生平不詳。杜甫善騎射，對馬的習性有相當的認識，詩集中有 11 首詠馬的詩，可見其喜愛的程度。從這首詩的字裏行間也可看到這點。這首詩不但讚揚房兵曹胡馬體格非凡，馳騁迅疾，還展示詩人遠大的理想和抱負，其中蘊含對友人的期許。首兩句寫馬的產地，指出馬匹是最優良的大宛血汗馬品種；接着寫其外相，稜角鋒銳，肉質骨骼堅硬，內外結合，成為一個非凡的有機整體。然後在第三、四句中寫馬匹雙耳像削竹小而尖，奔馳時四蹄輕快，如乘風而行。前四句細緻描寫馬的特徵，後四句轉而表現胡

馬的品格，寫馬奔騰極快，跨度又大，能越過任何障礙，縮短了空間的距離，並且能為瀕臨絕境的人起死回生，一切空間距離都不覺得空闊了。第六句更説明了馬是人類最可信賴的朋友。最後兩句誇獎胡馬勇猛敏捷，馳騁萬里，所向無敵，寄寓詩人的偉大抱負，也期望房兵曹能建立功業於萬里之外。

【點指技法】

　　寫物有兩種：一種是純粹寫物，集中細緻地描寫物體，使人對所描寫的物體有深刻的印象；一種是寫物以言志，即通過具體描繪客觀事物以述志抒懷，這種手法也叫「託物寓意」法。《房兵曹胡馬》即屬此類，這從後四句可以看出。（請參看名句賞析）

【小練習】

　　試從以往學過的詩中找出一首「託物言志」，或「託物寓意」的詩。

庭下如積水空明，
水中藻荇交橫，蓋竹柏影也。
何夜無月？何處無竹柏？
但少閒人如吾兩人者耳。

北宋・蘇軾《記承天寺夜遊》

【譯注】

　　庭院地下好像積滿了水，清澈透明，水裏有綠藻荇菜橫斜交錯着，原來是竹子和柏樹的影子。哪一個晚上沒有月亮？什麼地方沒有竹柏？可是像我們這樣清閒的人卻是很少的啊。

- 藻荇：水藻和荇菜。荇菜，水生植物，葉浮在水面上，夏天開花，黃色，根莖可吃。
- 蓋：推原之詞，緊承上文而推究其原因，可譯為「原來是」。
- 閒人：不為俗務所累、悠然自得觀賞風景的人。蘇軾因事得罪新黨，被貶黃州（今湖北黃岡），名義上是做黃州團練副使，實際上他有職無權，是個閒差事，所以說是「閒人」。

【名句賞析】

　　名句出自蘇軾的小品文《記承天寺夜遊》。承天寺，故址在今湖北黃岡南。文字是作者貶謫黃州九年時寫的。宋神宗二年（公元1079年），蘇軾因被人在詩文中斷章取義，説他誹謗新法，加以彈劾，於是被逮捕入獄，在獄中備受折磨。出獄後，貶為黃州團練副使（掌管一方軍事），實際上是被流放，不得參與政事：「本州安置，不及簽書公事的」，這篇文字就是在此仕途坎坷、命運多蹇的境遇下寫成的。

　　蘇軾的作品都是內心的迫切需要而不得不形之於外的，是自然的流露。

　　全文共 85 字，名句引用了 37 字，其餘 48 字內容如下：「元豐六年十月十二日夜，解衣欲睡，月色入戶，欣然起行。念無與樂者，遂至承天寺尋張懷民，懷民亦未寢，相與步於庭中。」文中以寫日記的形式，寫出年月日，還點出「夜」字，然後寫在「解衣」之時，看見「月色入戶」，使人睡意頓消，在情緒低落之際，月色帶來生意與樂趣，但他不欲獨享此美景，於是去承天寺尋找同是天涯淪落人的張懷民（他當時也貶謫於黃州）一起到寺廟庭中賞月：「庭下如積水空明，水中藻荇交橫，蓋竹柏影也。」作者心中獨特的月下美景正是這種情緒的產物。名句最後説：「何夜無月？何處無竹柏？但少閒人如吾兩人耳。」句中抒發了作者內心的複雜與矛盾，一方面表現了在現實生活中政治舞台上受排擠被貶謫的苦悶，同時也表達了他只能在自然懷抱中尋求慰藉、自娛自樂的心態。

【點指技法】

　　比喻是最常見的修辭手法，好的比喻必須形象生動，有一點要牢記，就是必須新穎，有獨創性。本名句中月光的描寫是從「月光如水」引申出來的，用「如水」形容月光已經很具體形象了，而「庭下如積水空明」則進一步進入傳神之境界，它不僅使人感受到月光如水般澄澈透明，還能感受到溶溶的月光瀰漫了整個庭院，並因此產生一種錯覺：「如積水空明」，地下空明得能看清橫斜交錯的各種水草，抬頭仰望，看見了竹柏和懸掛碧空的皓月，才悟及原來是竹柏影子，創造了一個似真疑幻的月下美景。

【小練習】

　　名句從「月光如水」的比喻引申出月下似真疑幻的美景。試從「豔陽似火」的比喻引申出豔陽下的景色。

霧淞沆碭，天與雲與山與水，上下一白。
湖上影子，唯長堤一痕，
湖心亭一點，與余舟一芥，
舟中人兩三粒而已。

明‧張岱《湖心亭看雪》

【譯注】

（湖上）水氣凝結成的冰在到處瀰漫，天與雲與山與水，上下渾然一體，白茫茫一片。湖上能夠見到的影子：只有隱隱的一道長堤的痕跡，湖心亭的一點輪廓，我乘坐的一葉小舟，以及舟中兩三粒人而已。

- 霧淞：天氣嚴寒時，霧氣凝結成的冰晶。
- 沆碭：天地間瀰漫着迷迷濛濛白茫茫的一片水氣。
- 一白：全白。「一」作全、滿解，一般用在名詞前面，如「一天星斗」，此句用在形容詞前，比較特別。
- 長堤：指西湖中蘇東坡在杭州作官時建造的堤，亦叫蘇公堤。
- 芥：小草，比喻細小的事物。

【名句賞析】

　　作者張岱（公元 1597－1679 年），明末清初文學家，山陰（今浙江紹興）人，僑居杭州。清兵南下，他避入深山寫作。文筆清新，作品多寫山水景物，部分作品表現出明亡後的懷舊感傷情緒。《湖心亭看雪》就充分顯示出此一藝術特點。此文寫於明代滅亡之後，張岱以淡淡的筆觸把懷念西湖之情融入景色之中。

　　文章分兩段，名句是第一段後半部分，要想更深入地理解名句的內涵及其技巧，必須對前半部分有所了解。文章一開頭點明他所寫的是「崇禎五年十二月，余住西湖」的事情，寫時明朝已經滅亡，但作者仍用明朝的紀年，「羈鳥戀舊林，池魚思故淵」是古代文人常有的情感。聯繫作者生平思想，可以看出在他眼中，明代並沒有滅亡，故國永存心中，而名句充分表現出這種懷舊情緒。點出懷念的年代之後，接着便寫遊湖心亭（按湖心亭在杭州西湖，原名湖心寺，後毀，嘉靖中重建）。當時，「大雪三日，湖中人鳥聲俱絕」，大雪連下三天，作者得「擁毳衣爐火（穿着皮毛衣，帶着爐火）」才能出遊賞雪。其中特別強調人鳥聲俱「絕」，描寫萬籟俱寂，表現出張岱當時心境的落寞與孤寂，使人聯想柳宗元的「千山鳥飛絕，萬徑人蹤滅。孤舟蓑笠翁，獨釣寒江雪」的寂靜寒冷的境界。作者與景物本來是平視的，但是為了塑造氣氛，他虛擬了一個極高點，指周圍上上下下都是迷迷濛濛白茫茫的一片。一切景物：長堤、湖心亭、乘舟、舟中人，只是依稀的一痕、一點、兩三粒的物體而已。

【點指技法】

　　名句主要描述作者虛擬自己登到極高處賞雪的情景。作者抓住夜

色中西湖雪景的特點：一痕、一點、一芥、兩三粒，正是茫茫雪景中閃爍的一個個亮光。宇宙的空闊與人和景物的渺小構成強烈的對比。「一痕」、「一芥」長而細，「一點」、「兩三粒」幾何圖形的交錯映襯，數量詞的巧妙運用，令視覺形象十分鮮活突出，在藝術表現上極具創意，為人所稱道。

【小練習】

　　試從高處（高樓上、山上或飛機上）向下望，運用數量詞描寫所看到的風景。

花非花，霧非霧，
　夜半來，天明去。
來如春夢幾多時？
　去似朝雲無覓處。

唐‧白居易《花非花》

【譯注】

　　說它是花吧，不是花；說它是霧吧，也不是霧。半夜來臨，天亮離開。來臨時像春夢十分短暫，離開時似朝霞無影無蹤。

- 春夢：好夢，比喻人事的繁華如春夜的夢境般轉瞬即逝。
- 幾多時：有多久呢？用反問句表示短暫。
- 朝雲：早晨東方出現的斑斕彩霞，亦比喻短暫出現的美麗事物。

【名句賞析】

作者白居易（公元 772－846 年）是唐朝寫實主義作家，他主張作品必須反映現實，表現民生的疾苦。他的作品語言通俗，含意顯露，連老嫗都能看得懂。但是這首《花非花》則很特別，它是一首形象無法把握的朦朧詩。詩題是從第一句摘取的，近乎無題，詩人可能有隱情，標出有困難，或不便標出，只能用隱晦曲折的方式來表達。首二句應該讀為「花？——非花」「霧？——非霧」，兩個比喻「似花」、「似霧」，兩個否定「非花」、「非霧」，一正一反，二者的矛盾，給讀者留下迷離飄忽的形象。「夜半來，天明去」這兩句是描述主角的活動，活動的時間和特點，初看使人覺得是在寫夢，但看末二句「來如春夢」又不對了。原來夢是一個比喻，「來」、「去」只起承上啟下的作用，以此引起末二句中的兩個比喻：「春夢」和「朝雲」，它們都是來也匆匆，去也匆匆的美好事物，不能長久，因為「春夢了無痕」，斑斕的彩霞也只是過眼一現，就消失得無影無蹤。詩中的四個比喻，暗示了生活經歷中曾經遇見而又瞬間消逝的人或物，表達出眷戀與追尋的旨意。白居易對此有深刻的人生體驗，不過在藝術手法上有所不同而已。在詩作《真娘墓》和《簡簡吟》中，詩人追悼早逝的美麗少女，前者說真娘像「塞北花，南國雪」、「難留連，易銷歇」，後者說簡簡像「彩雲易散琉璃碎」，因為「大都好物不堅牢」。這些詩句與《花非花》末句的比喻十分相似，所不同的是前者的描述對象較為明確，含意明朗；而後者不論描寫對象還是表現的含意，都較曖昧隱晦。只要把它們參照對讀，就會明白後者的含意。

【點指技法】

　　以上的說法只是對《花非花》的一種理解。現代學者施蟄存在《唐詩百話》中說，這首詩是為唐朝在旅舍中從事某種特殊職業的女子而作。她們夜半才來，破曉即去，來去匆匆，一去無蹤，所以說如春夢、似朝雲。除此以外，當然還有別的說法，這證明了俞平伯「詩是謎語」之說，我們大可不必強求去解開這個謎，只要去領略其中的朦朧美和節奏美便夠了。

【小練習】

　　你曾讀過一首有各種各樣說法並具有朦朧美的詩嗎？試舉例說明。

羅敷喜蠶桑，採桑城南隅。
　　青絲為籠繫，桂枝為籠鈎。
頭上倭墮髻，耳中明月珠；
　　緗綺為下裙，紫衣為上襦。
行者見羅敷，下擔捋髭鬚；
　　少年見羅敷，脫帽著帩頭；
耕者忘其犂，鋤者忘其鋤。
　　來歸相怨怒，但坐觀羅敷。

漢樂府民歌《陌上桑》

【譯注】

　　羅敷喜愛養蠶和採桑，一天到了城市的南面角落採桑葉。用青絲做竹籃的繩子，用桂枝做竹籃上的掛鈎。頭上梳的是墮馬髻，耳朵戴的是明月珠耳環。下身穿的是杏黃色絲綢的裙子，上身穿的是紫色的短襖。過路的人看見羅敷，放下擔子順抹着鬍鬚；年輕人看見羅敷，看得出了神，不自覺地脫下帽子，繫好束髮的紗巾。耕田的農夫忘記

犁地，鋤草的人忘記了除草。他們回家後都相互生氣埋怨，因為只顧看羅敷而耽誤了工作。

- 隅：角落。
- 籠繫：繫竹籃的繩子。籠，竹籃子。繫，綁、拴。
- 鉤：籠上的掛鉤。
- 倭墮髻：當時流行的一種髮型。髻子歪在頭的一邊，好像要墮下來的樣子，亦稱墮馬髻。
- 緗綺：杏黃色的綢子。
- 襦：短襖。
- 捋：用手指順着抹過去，使物體（例如鬍鬚）順溜或乾淨。
- 帩頭：古代男子束髮的紗巾。

【名句賞析】

　　名句出自《陌上桑》。《陌上桑》是漢樂府中的名篇，它是一首敍事詩，詩中敍述了一個田間採桑女子秦羅敷嚴正地拒絕太守（一郡最高的行政長官）之類的官員調戲的故事，表現出她的美貌、堅貞與機智。

　　全詩分三個部分：第一個部分寫羅敷的體態與面貌之美；第二個部分寫使君調戲羅敷所引起的矛盾衝突，末句以「羅敷自有夫」堅決拒絕了；接着第三個部分寫羅敷誇耀夫婿多麼有才幹，在官場多麼威風，表現對官吏的揶揄。

　　名句是《陌上桑》的第一部分的第五至二十句。原詩首四句為「日出東南隅，照我秦氏樓。秦氏有好女，自名為羅敷」，這四句是開場白，介紹羅敷的姓名及其居住在明朗陽光普照的地方，以襯托其性格

的爽朗與美貌的眩目。第五句（即名句的第一句）羅敷正式登場了，詩中用羅敷使用的器物表現人物的美麗和優雅：她提着一個精美的裝桑葉的竹籃，拴着籃子的繩子是青色絲線編就的，提把是桂樹枝子製成的。接着寫她的裝扮：頭上梳的是斜倚一側似墮非墮的「倭墮髻」，耳朵上戴的是透光晶瑩的明月珠耳環。下身着黃色的綢裙，上身穿紫色短襖。這一身打扮並不適合採桑的農家女，她只是作者理想中的美女，充滿想像色彩，讀時不必拘泥於寫實。從名句第九至二十句，作者側面描寫烘托羅敷顛倒眾生的美貌，手法極具創造性，使之成為中國文學中人物描寫的典範。

【點指技法】

名句後八句本可直接描寫羅敷的體態與面貌之美，但作者沒有這樣做，他另闢蹊徑，從側面描寫旁人被羅敷的美貌所吸引的各種神態：過路的行人放下擔子，捋着鬍子，兩眼發直的凝視，心神不知飛到哪裏去了；一幫小伙子不知所措，脫下帽子，不知覺地整理頭巾，以賺得美人眼珠一轉；種田的農人看到她，心緒不定，把耙和鋤頭都丟在一邊，忘了幹活，事後都互相抱怨因為爭看羅敷而躭誤了勞作。句子以喜劇及側面描寫的手法刻畫出羅敷的美給人們帶來的愉悅。

【小練習】

試學習名句描繪人物所運用的側面描寫的手法，寫一位你尊敬的人。

小山重疊金明滅，
鬢雲欲度香腮雪。
懶起畫蛾眉，弄妝梳洗遲。

照花前後鏡，花面交相映。
新帖繡羅襦，雙雙金鷓鴣。

唐·溫庭筠《菩薩蠻》

【譯注】

　　閨房裏屏風上的山巒重重疊疊，朝陽映照其上，光彩耀眼閃爍不定。秀髮如烏雲，襯托着雪白的香腮。她懶洋洋地起牀描畫那細而彎的蛾眉，然後才不慌不忙地梳洗裝扮。梳洗完畢，用前後鏡對照看兩鬢簪花，花色與人面交映着，穿上貼有雙雙對對金色鷓鴣的絲綢棉襖。

- 小山：指房間裏屏風上畫的山峰。
- 金明滅：形容朝陽照在屏風上忽明忽滅，閃爍不定的樣子。
- 鬢雲：形容女性頭髮黑而濃密如烏雲。
- 度：形容鬢髮披拂散亂，掩蓋面部。

- 蛾眉：飛蛾的觸鬚細長而彎曲，用來形容美女的眉毛。
- 花：指鬢髮上插的花。
- 前後鏡：前鏡，妝台奩內座鏡；後鏡，指手中所持的「柄鏡」。
- 新帖：新穎的「花樣子」，剪紙做成，貼在綢布上，以為刺繡的「藍本」。
- 鷓鴣：形似母雞，頭如鶉，身上有白圓點，如珍珠，背毛有紫赤波紋，足黃褐色，古人謂其鳴聲為「行不得哥哥」。

【名句賞析】

　　作者溫庭筠，晚唐詩人，通曉音樂，擅長作歌詞。他的情詩，文采絢爛，帶有濃厚的唯美主義傾向。這首《菩薩蠻》詞就是如此，溫詞有六十多首，絕大多數是描寫婦女的容貌、服飾和情態的。相傳唐宣宗愛聽《菩薩蠻》詞，溫庭筠為宰相令狐綯代寫了好多首，這是其中一首。詞中描述一個獨守空房的女子從起牀到梳洗到穿着的一系列動作，從中顯示她的孤獨無奈。詞的上闋首句有爭議，傳統説法把小山説成是屏風上畫的山巒，此山巒重重疊疊，在旭日照耀下忽明忽滅，閃爍不定；另一種解釋是由「紅學」專家周汝昌提出來的，他認為它是「十眉」之一式，時時見於五代詞中，小山是「淡掃蛾眉」式，韋莊《荷葉杯》所謂「一雙愁黛遠山水」（一雙含愁的眉黛像遠處的小山）是也。第三、四句寫女子獨臥苦悶，百無聊賴，梳洗妝扮都懶洋洋，毫無興致。下闋首二句寫妝扮完之後，女子以兩面鏡子前後對映查看是否完美。末二句寫女子的穿着，是件繡有雙雙金色鷓鴣的絲綢棉襖。

【點指技法】

　　這首詞最大的特點是不直接描寫人物的心理活動，而是通過人物活動側面表現人物的心態。例如上闋第三、四句，寫女子起牀後懶洋洋及不慌不忙的活動，以表現其孤獨及寂寞無奈，不論做什麼都提不起精神，最後寫穿上繡有雙雙對對的鷓鴣的絲綢棉襖。

【小練習】

　　設想一位女性將要赴一個隆重的宴會，試細緻描寫她的裝扮過程，以表現人物的心態。

蒼梧來怨慕，白芷動芳馨。
流水傳瀟浦，悲風過洞庭。
曲終人不見，江上數峰青。

唐・錢起《省試湘靈鼓瑟》

【譯注】

那如怨如慕的樂音傳來蒼梧的山野，白芷聽了都感動得噴吐醉人的芳香。優美的曲韻似水流過瀟水岸邊，又如悲涼的風吹過遼闊的洞庭湖面。樂曲消失了，伊人也不見蹤影，只有青翠的山峰呈現在人們眼前。

- 蒼梧：在今湖南南部、廣東西北部及廣西東北部廣大地區。
- 白芷：香草名，多年生草本植物，夏天開花，白色，可入藥。
- 瀟浦：瀟水岸邊。瀟水，湘江上游的主要支流，在湖南南部。浦，水邊或河流入海的地方。

- 洞庭：湖名，在湖南北部長江南岸，中國第二大淡水湖，湖面寬廣，昔日有「八百里洞庭」之稱。

【名句賞析】

　　錢起（約公元 720－782 年），唐朝詩人。從題目「省試」（唐時各州縣科舉考試中學的貢士赴京都由禮部尚書主試）可知，這是一首試帖詩（根據試題作詩），《湘靈鼓瑟》這個題目是從《楚辭·遠遊》「使湘靈鼓瑟兮，令海若舞馮夷」（讓百川之神彈瑟，使海神水神都婆娑起舞），名句選此詩的第七至十二句。詩的首二句「善鼓雲和瑟，常聞帝子靈」點題，寫湘靈善於鼓瑟，樂音常為人所聞；第三、四句「馮夷空自舞，楚客不堪聽」，指水神聽了，都不禁跳起舞來，而古代被貶謫到這裏的文人，聽到之後都不忍聽下去，由此顯示瑟音的哀怨；第五、六句「苦調淒金石，清音入杳冥」，寫愁苦的曲調令堅硬的金石也為之悲淒，清亮的歌聲傳到渺渺的蒼穹；第七至十句（名句前四句），寫充滿愁怨和愛慕的樂音傳到蒼梧的山野，使埋葬在蒼梧的舜帝亦為之動容，馨香的白芷也在曲調的縈繞中吐出馥郁的芬芳。接着作者用比喻描繪樂音像流水在湘江兩岸迴盪；又如悲風，飛越過廣闊的洞庭湖湖面。全詩第三至十句極力描繪湘靈所彈奏的瑟曲的力量神異，無形的音樂轉化為可感的形象。瑰麗多彩，眩人眼目。末二句寫鼓瑟的湘靈消失了，只聽到裊裊餘音，予人以迷離恍惚之感。此時江天寂寂，眼前的層巒疊峰籠罩在一片青翠之中。

【點指技法】

　　想像是一切藝術創作的原動力。莎士比亞在《仲夏夜之夢》中，

借雅典公爵忒修斯這個人物，對想像在詩中的功用說了如下的話：「詩人的眼睛，在神奇的狂歡的一轉中，便能從天上看到地下，從地下看到天上。想像會把不知名的事物用一種方式呈現出來，詩人的筆再使它們具有如實的形象，虛幻的事物，也會有居處和名字。」名句中，詩人就有如此神奇的想像力，他使樂聲飛過山山水水，上天入地，直達人心深處。最為突出的是末二句，詩人將時間藝術的音樂轉化為空間藝術，即將聽覺形象轉化為視覺形象。樂曲終了，隨着時間消失了，即使餘音三日，繞樑不絕，但畢竟是不存在了，「江上數峰青」卻永遠存留在人間。不少人以「江青」為名，即源於此句。

【小練習】

　　試發揮想像力，以視覺形象描寫一首你喜歡的樂曲。

昵昵兒女語，恩怨相爾汝。
劃然變軒昂，勇士赴敵場。
浮雲柳絮無根蒂，天地闊遠隨飛揚。
喧啾百鳥群，忽見孤鳳凰。
躋攀分寸不可上，失勢一落千丈強。

唐・韓愈《聽穎師彈琴》

【譯注】

　　一對小兒女在親暱地竊竊私語，時而情意綿綿，時而溫柔嬌嗔。驟然一聲變得慷慨激昂，彷彿勇士雄糾糾地奔向戰場。琴聲飄盪遠播四方，猶如浮雲柳絮在天地間隨風飄揚。琴聲又變得熱鬧起來，像百鳥吱吱喳喳，叫個不停，忽然有一隻鳳凰引吭長鳴。鳳凰的鳴聲昂揚激越，激越的音調越彈越高，高到不能再高的地步。驀地琴音由高處驟然下降，落下千丈的深谷。

* 昵昵：親熱的樣子。
* 兒女：男女。

- 恩怨：恩愛和嗔怒（責怪埋怨）。
- 爾汝：彼此親暱的稱呼，表示不拘形跡、親密無間，男女間猶言卿卿我我。江南有情歌《爾汝歌》。爾、汝，都是你的意思。
- 劃然：同轟然，象聲詞，形容驟然而來的雷聲、斷裂聲等。
- 軒昂：形容音調高昂。
- 躋攀：攀登，這裏形容琴聲越彈越高。
- 分寸不可上：形容樂聲高到頂點不能再高。
- 強：多，表示程度高，句中是指比千丈還低。

【名句賞析】

　　作者韓愈（公元 768－824 年），唐朝文學家，南陽（今河南孟縣）人。在詩歌創作上，他力求獨創，另闢蹊徑，從這首描寫音樂的詩可見其獨特的風格。這是韓愈聽了穎師彈琴之後，深有感受寫下的詩作。穎師，穎法師，出家的僧人，唐憲宗元和年間在長安以彈琴著名。穎是和尚的名，師是和尚的通稱。這首詩分為兩段，名句引用了前段的十句，描繪了穎師琴藝的高超，琴曲音樂形象的美妙；後八句抒寫作者聽後的感受，側面表現穎師琴藝的精湛，以顯示琴曲的感染力。詩歌單刀直入，透過想像，用比喻寫琴曲裏所呈現的具體生動的音樂形象。首二句琴曲彷彿彈出泅游愛河中青年男女的濃情蜜意，他們時而耳鬢廝磨，喁喁私語；有時情話綿綿、恩愛有加；有時撒嬌作態、細語怨責。第三、四句寫正當聽者陶醉在情侶的甜蜜之時，驀地琴聲變得高揚嘹亮，彷彿勇猛的將士雄糾糾、氣昂昂地向敵軍衝鋒陷陣。第五、六句寫勇士遠去了，像空際浮盪的白雲，又像風中飛舞的柳絮，琴聲由高昂變為悠揚。第七至十句寫悠揚樂韻漸飄漸遠時，徐

徐奏出群鳥啁啾的自然和諧大合唱，而百鳥之王鳳凰則一枝獨秀，引吭高歌。鳳凰清越的歌聲由低而高逐漸攀升達到頂峰，響徹天地間，接着又從高處驟然下降，一落千丈掉到谷底，最後消失了。

【點指技法】

音樂是聽覺藝術──它是依着旋律來表達情景的，其表達的內容只可意會而不可言傳，是因人不同的感受而有所不同的。詩人把此感受用語言記錄下來，透過比喻把它具象化，使音樂形象變得有血有肉，而且可以觸摸得到，因而成為描寫樂曲的名篇。在白居易的《琵琶行》、李賀的《李憑箜篌引》中皆用此手法而取得成功。

【小練習】

試運用想像及比喻描寫一首你喜愛的樂曲，使其變得具體形象化。

吳絲蜀桐張高秋，
　　空山凝雲頹不流。
江娥啼竹素女怨，
　　李憑中國彈箜篌。
崑山玉碎鳳凰叫，
　　芙蓉泣露香蘭笑。

唐・李賀《李憑箜篌引》

【譯注】
　　用最優質的吳國絲弦和蜀國木材製造的精美箜篌，在深秋時節演奏起來。空寂的山林上，浮雲為之凝滯不流動。江娥感動得淚灑斑竹，擅長彈瑟的素女也被牽引出萬千愁緒。這是京都名演奏家李憑彈奏的箜篌曲啊。樂音清脆如崑崙山的美玉碎裂，高亢如鳳凰長鳴。有時像含露的荷花在嗚咽，有時似芳香的蘭花在笑。

- 吳絲：江蘇浙江（古代大部分或一部分屬吳國）一帶，盛產蠶絲，適宜做琴弦，故稱。
- 蜀桐：四川（古化屬蜀國）產的梧桐木是製造樂器的優質木材，故稱。
- 張：演奏、彈奏。本意為調弦。
- 江娥：又作「湘娥」，傳說是舜的兩個妃子，即娥皇、女英。舜死後，她們相與慟哭，淚水灑在竹上，竹上出現斑紋，稱為斑竹。
- 素女：古代傳說中的女神，善鼓瑟，音調悽慘悲切。
- 中國：指唐首都長安。
- 崑山：崑崙山，在我國西部，橫貫新疆、西藏境內。山上盛產美玉。

【名句賞析】

　　李賀的詩作想像奇特，形象鮮明，具濃烈的浪漫主義色彩，其成就可以與英國浪漫派三位短命詩人的詩歌成就相媲美，他們分別是拜倫（George Byron，公元 1788－1824 年），36 歲；雪萊（Percy Shelley，公元 1792－1822 年），30 歲；濟慈（John Keats，1795－1821 年），26 歲。這首詩大約作於唐憲宗元和六年（公元811 年）至元和八年間，當時李賀在京城長安做官。李憑，是宮廷中的一名樂工，善彈箜篌，名噪一時，「天子一日一回見，王侯將相立馬迎」，可見他受歡迎的程度以及身價之高。引，古詩的一種體裁。詩的首句用「吳絲蜀桐」代表樂器，說明箜篌構造的精良，借以襯托演奏者技藝的圓熟。好樂器配上優秀演奏者，寫物亦寫人，一箭雙鵰。

「高秋」寫演奏時秋高氣爽，表明時間是在九月深秋。第二、三句詩人避開無形無色的樂音，從側面落筆，以實寫虛：悠揚的弦音一經傳出，空寂山林上的浮雲為之凝滯，停下來洗耳恭聽，連傳説中的江娥素女也被勾起愁緒，悲啼不已。第四句「李憑中國彈箜篌」，點明演奏家的名字。第五、六句正面直接描寫樂聲，「崑山玉碎」形容眾弦齊撥，聲音嘈雜。「鳳凰叫」形容一弦獨響的美妙。「芙蓉泣露香蘭笑」形容樂聲的多變，前者悲抑，後者歡笑。用花朵之形態比喻樂聲，予人以美感。

【點指技法】

　　讀這首描寫音樂的詩，要特別注意結構倒置的特點。這類詩，一般的寫法是先介紹演奏者、演奏的地點、背景、時間等等，但此詩一反常規，一開始就開門見山揭示李憑演奏時動天地泣鬼神的藝術魅力。先寫琴，再寫聲，然後寫人、時間和地點，一前一後，貫穿六句中。另一種特點是詩人善於馳騁想像，詩中運用神話傳説創造出神奇瑰麗的藝術境界，如「江娥」、「素女」都是傳説中的人物。

【小練習】

　　試找三篇運用了中國神話傳説的作品，並説明其增強描寫的效果。